二三十岁,开间幸福小店

17 yiqi
幸福
8 ba

梁龙蜀 —— 著

四川人民出版社

序

- 001　所有曾经用心走过的路　都在生命中留下闪光印记
- 003　幸福在哪里
- 004　特色咖啡店老板很重要

第一章

- **006**　意愿　你准备好了吗
- 008　细节　你究竟有多想
- 026　城市　你准备融入了吗

第二章

- **032**　没有钱做帆　梦想无法起航
- 034　如何计算你需要多少钱
- 046　钱从哪里来

第三章

- **054**　项目管理教你如何筹备一家店
- 056　目标范围及阶段性目标的制定
- 066　调查分析就为查漏补缺
- 081　店面选址
- 086　硬装修　我是一个粉刷匠
- 098　 软装修以及进货渠道
- 120　找到适当的合作者

第四章
130 酒香也怕巷子深
132 快来我的咖啡馆儿吧
142 让客人愿意再来你的店

第五章
150 我的咖啡我做主
152 妥协还是改变
160 让一切变得合法化
172 探索总结你的商业模式

第六章
182 行动之前先来预防针
184 开店 我有三头六臂
208 你可能遇到的意想不到

第七章
220 彷徨时想想为什么坚持到了现在

第八章
258 七年之后
261 每一杯咖啡 都穿越时空来遇见你
265 没有最好 只有你喜欢 咖啡也是
272 重要的是 在心里留一个咖啡馆给自己
279 有趣的灵魂都在发光

所有曾经用心走过的路
都在生命中留下闪光印记

序一

梁龙蜀

如果不是再版整理的关系，我可能很难再拿起这本七年前的书细细阅读。如果没有这个阅读过程，我可能会遗忘很多生命中非常重要的曾经发生——当年那个疯丫头，真的就不管不顾地干了这么一件让人振奋的事情——换成现在这个我，恐怕是没有勇气和信心去做这样的选择的！

有时候，生命的玄妙之处就在于，当你有机缘停下来看看来时的路，往往会有与以往经历时完全不同的感受与收获，尤其是带着"痛苦"的部分，如同幼年时学骑车跌倒后的哭泣，青少年时期曾为了隔壁班的 Ta 兴奋雀跃，失恋后撕心裂肺的哭泣……似乎经过之后，都成为生命中闪闪发光的印记，标注着你如何走到现在。

让人不禁心怀感恩，感受某种难以言说的温暖。

七年的时间经过，这本书里的好些环境已经改变，比如里面提到的房租甚至已经翻倍，淘宝也已经可以满足绝大多数需要，活动的形式要从团购开始变成外卖送餐……时光经过，一切都在向前走，"17 幸福 8"变身成为"龙门院"，我也从不靠谱的咖啡馆老板成为专注个人内在认

知及成长的梁老师。

但我选择将"原版"分享给你,一来这些东西曾经存在,二来故事背后我真正希望分享给你的,是那颗敢于去创造的年轻的心,是能够帮忙整理思路的项目管理方法,是对经历和未来都需要坚信的希望。

你所经历的,都是你此刻需要经历的。

感恩你在万千书中,"选"到这一本,让这一场阅读在你的生命中留下印记,也许,是冥冥中的需要发生。

很高兴遇见你。

祝福你,健康顺利,喜悦随心。

幸福在哪里

序一

漫画家 猫小乐

每天早上不管多忙,我都要手动磨 8 种混合口味深度烘焙的咖啡豆、打蒸汽奶泡,做两杯卡布奇诺,和老婆分享。而我女儿会吵着要喝奶泡上面的泡沫。老婆坚持不学做咖啡,不是笨,她说:"我就要喝你做的,让我有一件事依赖你呗……"于是我出门半月,她就半月不喝咖啡。卡布奇诺是我家一个压箱底的小幸福。我和老婆 17 幸福 8 吧。

龙龙总是不断冒泡,我老觉得她其实是什么时代穿越过来的什么格格——的丫鬟。有时候她的想法把我吓到。直到她开了个咖啡馆,我才感到这位大神终于归位啦。她就应该干这个。上班族的生活不适合她。

喂!龙龙君!你开咖啡馆还没有 30 年,就敢出书教人开店啊!你这不是误人子弟吗?再说了,你这里有酱油吗?没有?那有白萝卜吗?也没有啊?……什么都没有还敢开店啊?(这段话是蜡笔小新里的经典台词。括号里的说明请去掉。)

你这个咖啡馆为什么没有开在我的工作室附近呢?我到现在也没有喝到你亲手料理的咖啡。这个序,白纸黑字的,证明你欠我一杯哦。

最后问你:咖啡拉花很难么,我一直都拉不好。

特色咖啡店老板很重要

序一

汪凯

四川省咖啡加工协会秘书长

四川烹饪高等专科学校咖啡讲师

　　一直以来咖啡都被认为是舶来品，奢侈品，上流社会的高雅代表！周立波用上海人喝咖啡来区别北方人嚼大蒜的不同层次。殊不知咖啡对于全世界来讲，就是一种饮料，如同我们中华民族的茶饮。之所以说它普通，是因为咖啡是目前仅次于石油贸易额度的全球三大饮料之首！只是国人也就开放 30 年才逐渐接受。

　　就其咖啡的品质好坏其实和大多数饮料相同，只要是给饮者带来顺滑无杂味的口感就算一杯合格的咖啡了。如果要追求更高品质的精品咖啡或状元咖啡，那首先必须有味道上的特质，再来咖啡的新鲜程度对咖啡风味影响很大，制作方法和熟练程度是最后考量的因素。

　　本书作者梁龙蜀小姐的"17 幸福 8"咖啡厅，我也是偶然一次去到的，当时很欣赏她这么有勇气，在什么都不懂的情况下开了这家咖啡厅。通过点点滴滴的摸索实践把店开了起来，当然前期也走了很多弯路，实践也总结了很多经验，通过 6 个月修整才止亏为盈。一家店首先老板很重要，对这家店的定位要理解很准，店内的装饰要体现自身的人群定位；其次是产品的构成及价格也要符合人群定位的需求；最后是要有适当的促销和试饮等推广方法。之所以老板很重要,是因为这样形式的咖啡店一般都是老板自己经营的,客人更多的是冲着老板的亲和力去的,如果老客户都成为朋友,朋友口口相传,这家店就一定成功了!但是还是要记住:开家店一定要赚钱,才是长久之道!

随着我国成为第二大经济体,咖啡消费正以210%的增量速度发展,咖啡正走向普及化、平民化;全球53个出产咖啡的地区的精品咖啡也开始涌入中国,国内的咖啡市场开始由起步阶段向高速发展阶段迈进!愿本书能为那些想实现自己咖啡馆梦想的朋友们以绵薄帮助,也祝"17幸福8"的顾客朋友能够享受到更多的精品咖啡!

第一章

意愿／你准备好了吗

很小的时候,就常常听到老师家长们之间常交流的一句话:兴趣和热情,是最好的老师。

尽管很多家长会把他们的兴趣热情,误以为是我们的兴趣热情;尽管很多的老师会误把时间精力投入到如何让我们吸收得更多上,而不是如何让我们爱上这门课上——这句话仍然是真理,尤其在你自己要开创一项事业的时候。

细节 你究竟有多想

DETAILS
HOW BADLY DO YOU THINK

亲爱的,也许你从来没有接触过灵修的书或者信息,我这里也不准备像个上课的老师一样详细告诉你吸引力法则,或者如何正确地发愿以实现心中所想,我本人也不是个多么有经验的灵修学员。当然,你也未必相信这所谓的神神叨叨的道理,让一切都变得简单点,你有没有这样的经验——当你发自内心地想要一件东西时,即便你没有表述出来,即便你看起来没有做什么明确的努力,但是在某一个特殊的时间、地点和场合下,你就得到了你想要的?

如果你有过这样的经历,我们再回想一下,你内心想要这件东西时,是不是有很清晰的你已经拥有这件东西的感受,或者画面,每当你多想一次,得到它的欲望就会更强烈一点?当你已经可以全心体验到拥有它的感触那一刻,你梦想成真了。

如果你没有过这样的经历,没关系,可以从现在开始,设想一样想要的物品,想的时候注意把注意力集中在得到或者享用这件东西的感受上，注意，不是关注于这件物品本身，或是陷入得不到这件物品的悲伤里，而是你已经拥有它的感受上。

也许有些人看到这里，已经嗤之以鼻了，想想就能实现吗？那我想住豪宅，开豪车，是不是也想想就实现了？

呵呵，好多事情都没有你想的这么简单。从某种角度来说，

想的过程,是一个筛选的过程,通过一遍又一遍的想象,让你确定自己是否真的"想要"这件东西。有没有这种情况,你本来很想要某件东西,当突然一个什么事情发生,让你联想到这个东西,你瞬间觉得,就不想要了?

感谢这一个念头,因为它为你节省了不少钱,还少了失望后悔。

除了筛选之外,这个念头还像一把钥匙,启动你的内在动力,感受越清晰,就越迫不及待,这个时候,分泌旺盛的多巴胺会帮助你打开思路,找到最初没想到的实现目标的方法。同时,这个念头会让你更加坚忍,更加坚韧,这股莫名的毅力会支撑你奋力奔跑,直到你尝到梦想之果。也许,这就是所谓的让意识、前意识跟潜意识相连,开发你自己都不知道并且绝对让你惊讶惊喜的潜能。

所以好多人做着白日梦,在众人观望中把白日梦变成了现实。其原因并不一定是他们有多勇敢,多有能力,或者运气有多好,只是他们的白日梦做得足够真实,让他们有决心实现那个梦境。由此可见,是不是真心想要,很重要。而怎么才能知道你是不是真心想要呢?就是看你是否真切地可以感受到已经拥有它的感触,这个感触是否真实到连细枝末节你都可以观察和体会。

HERE COMES MY STORY

当然，跟很多女孩子一样，我的终极梦想就是开一家属于自己的咖啡馆儿。吃过午饭，煮一杯咖啡，满屋飘香，然后捧一本书，坐在窗边，一边让味蕾感受咖啡，一边让思想奔逸漫游；夜里，邀三五好友，在咖啡馆儿里小坐，弹弹琴，唱唱歌，遇见不同的人，听不同的心事，悠闲过日子。不过，我觉得理想实现要在 40 岁以后。

为什么？

很显然，开店不是个小事，文艺范儿十足花费肯定不少，而且这样盈利性质不浓的店，想要在短时间内挣钱，显然不太可能，没到 40 岁，哪里有足够的资金储备？其次，开一家店，进货渠道、主题特色、员工管理等等，肯定没有想象中容易，没到 40 岁，没有足够的工作经验，人事、财务、营销等各方面的能力都还欠缺。第三，经营一家店，不像收拾房间那么简单，需要跟各类人和事打交道，没有足够的人生阅历，恐怕是实现不了的。

当然，也许上面你看到的那些都是托词，实现这个梦想也不是真的一定要等到 40

岁。只是，我从来没有觉得自己已经准备好，因为所有的东西都是零星的点点滴滴，比如去到一家很有意思的咖啡店，就会想：嗯，以后我的店这个位置可以这样摆。或者看到一个很好的创意，也会立马想到：嗯，这一招可以用在我的咖啡馆儿里。最夸张的一次，是跟朋友一起去吃饭，原谅我已经忘记是哪一年在哪一个城市的哪一家餐厅，我从洗手间出来，看见他们家用马槽来做洗手池，着实兴奋了一把，拉着姐们的手狂叫了半天："这是多好的创意啊，以后我们家咖啡馆儿洗手池也要这样弄。"

是的，我在各种情况下，被诱发出各种想法，有些一直记得，有些想过就忘记了，记得的那些都像被思维分类过，放在记忆架子里一格可以被命名为"我的咖啡馆儿"的地方。即便这样，我也从来没有觉得自己准备好了。

有时候，你如何体察到自己是否已经知晓那些细节，只是需要一个合适的时间，或者，一个合适的人来提醒你。因为所有关于细节的积累，大约都没有你想得那么明显，它们太过细小，小到如果你不带上放大镜仔细看，你都不知道自己竟然已经筹备了这么多！

HERE
COMES
MY
STORY

我比较幸运。

从北京回到成都的日子里,没有太慌张要工作,慢下来的生活状态反而让我更想发现,自己究竟想干点什么,自己又能干点什么。做简历,投出去,不急却积极。无奈,跟北京相比,成都的工作机会诚然少很多,邀去面试的工作单位领导,第一句总禁不住问:你期望多高的薪水?第二句也恨不得都是:你为什么放弃那么好的工作机会回来?

如果找到适合自己做的事情很难,那这一段不太快乐的经历起码可以让你知道你不适合做什么。每一天,你都在走向适合自己的路上。

有一天,大熊猫先生问我:有没有想过,自己到底想做什么?我没有动太多脑筋,脱口而出:"最想做的,当然是开一间自己的咖啡馆儿,不大,但是有很温暖的感觉,里面放很多书,有两扇很大的落地窗户,很多杂七杂八的小东西,推门进来的人都可以闻见咖啡香,可以感受到这里流动的大爱心,有几个人在聊天,有几个人在看书,有几个人在下棋,大家互不干扰,但是都是开放的,快乐的,还有个留言本让大家记录当天的心情……就是想让来到这里的人都能感受到幸福。不过,这是40岁以后的事情,现在没钱,没经验,没能力。"

为什么这么肯定自己就三没了?你这不说得挺好的?找个时间好好想想,你究竟想开一家怎么样的咖啡馆儿,把你能想到的都想一想,到时候我们再谈。

好吧,反正闲着无聊,拿出纸笔,我来开始编织我的白日梦吧。

| 小馆儿概述 |

清晨不情愿地被闹钟敲醒

迷糊着刷牙洗脸吃早餐

开始扮演那个自己喜欢或者别人喜欢的自己

偶尔静下心来却常常找不到真实的自己

与很多人擦肩而过

与很多书彻夜共眠

与很多物共享一处空间

却怎么也想不起

上一次心动和被震撼是什么时候

我不是伟人不奢求波澜壮阔的生活

我知道平凡而不平庸的生活没有想象般容易

其实最想要的莫过于心存希望

守望幸福收获幸福

只是越来越被量化的所谓标准

搭建了无形的隔阂降低了人与人之间的温度

传说中的幸福它真的存在吗

幸福小馆儿

搜集幸福储存幸福传递幸福

就是让你感受和体验

"我相信幸福,我在找寻幸福的路上"

| 小馆儿印象 |

不在闹市区，不在边远山区，它可能在学校附近，可能在繁华街道后面的一条小巷里。

不大的门面，深绿或者棕红色或者天蓝的外墙面，靠右侧的位置是一扇白边玻璃门，玻璃门上是木板制作的彩色店名"幸福小馆儿"，门边挂着一只简单造型的东巴陶器风铃，上面有东巴文书写的"幸福"。

偌大的玻璃窗上贴着 A3 大小的 POSTER，麻绳悬挂着拍立得式顾客们的幸福瞬间（背后有客人留言或签名），紫色纱质窗帘很随意地拉在墙边，根据实际大小安排一到两桌在落地窗前。矮桌子，木质结构，上铺粗布制成的简单条纹桌布。矮沙发，软，要有幸福地陷进去的感觉，让人放松。

门口进来的右边，是杂志亭和留言区，有自取的便利贴和笔，有方便贴东西的小黑板悬挂墙上，门口放一株向日葵。推门进去，绿色木质地板，白色书架陈列架，黑色椭圆形开放吧台，50-80 平方米的室内空间，小桌区域暖色调，搭配手工织布垫，每个小桌上放一盏暖黄光芒的台灯。

书架上陈列着这样的书：古代、近代、现代人对幸福的介绍和理解；追求幸福、享受幸福生活的小说、散文；让人调整心态珍惜和把握幸福，享受人生，做自己的主人的书。小馆儿的书，只借不卖，可现场阅读，书架旁有笔记本一个，用于大家分享和推荐某本书给认识的不认识的朋友，可留名，可留联系方式。

陈列架上陈列着这样的物品：会员认为最能体现自己对幸福的理解的东西；会员曾经或者现在记录幸福的物品；会员想要分享、交换给有缘人的幸福物品。物品为非易碎品，并附"说明书"。所有物品不涉及金钱交易，仅可以故事和意义，交换得到。

椭圆形黑色开放吧台，称之为"幸福摩天轮"，外设高脚凳一圈，吧台内分为咖啡机区、杯碟区、消毒柜烤箱区、洗手槽区，下有木制小柜子存放各种原料。吧台牛仔门正对，是洗手间门口的洗手池，马槽改装，一面椭圆形镜子，上标："幸福面对面：看见了吗，能让你幸福的，就是你现在看到的这个人。"右侧，面积不大的洗手间，常年点檀香。

除了用文字记录下的这些,我还画了好多小图,空间怎么利用,架子上都放些什么,怎么放,甚至连名片的正面,我都设计好大概的样子。

最大的感触是,不想不知道,一想吓一跳,当我写下这点点滴滴的描述,一个梦想中的咖啡小馆儿好像就真正呈现在我眼前——原来我已经准备了这么多!

一点没有开玩笑。

去年冬天,我受邀去给西南五省区艾滋病预防领域的草根 NGO 领导人做培训的时候,遇到一位妈妈,她很喜欢烘焙事业,当她听完我对小店的描述,花了不到一个小时的时间,在笔记本上写写画画,然后跟我交流她想要开的是怎样一间蛋糕店。从地段到装修到可以有的活动到定期推出的主打产品,都有涉及。近四十分钟的交流之后,她眼睛发光地告诉我:原来我已经准备了这么多!谢谢你!

你看,真的不只有我一个人经历过这个激动人心的时刻。所以,现在,你要做的,就是给自己一个相对安静、不受打扰的环境,一段让心安宁的音乐,一个舒服的姿势,一支笔,几张纸,开始梳理你梦想中的小店吧。

记得,不要在乎自己的字好不好看,自己画的画美不美丽,也

不要追求是否对称、是否规矩——你在为自己书写，这些东西只需要你自己知道就可以了，即便凌乱，即便潦草，只要你看得懂，就可以了。

写好之后，你还需要一个可信任的朋友，他有一颗开放的心，他不会轻易泼你冷水，他鼓励你做白日梦，他能安静地听你描述这些有的没的，他相信有一天，如果可以，你会实现这一切。还有更重要的是，你确定他不会盗取你的创意。跟他好好聊聊，听听他的建议，讲述的过程也是日益清晰的过程。

"我的梦想小馆儿是不是一定要是咖啡馆儿？"

哦，宝贝，当然不是。每一个人有不同的性格，不同的关注点，和不同的兴奋点，所以你的梦想小馆儿是那个能让你兴奋起来的东西，并不一定非得是咖啡馆儿。于我，因为我自己很爱喝咖啡，我是个动起来很能折腾，静下来察觉不到的人，所以我需要一个动静相宜的地方，书吧太过安静，酒吧又太过喧闹，于是，我选择了咖啡。

千万不要以为甜品店就只有好吃的甜品卖，快餐店也都是清一色的橙色或红色装潢，特色咖啡馆儿也不见得都得是我设想的那一种，你现在就是全世界最牛的想象大师，不管能否实现，你只需要想好如何可以把这里塑造成你的场。

现在，拿起笔来试试吧！

你的梦想小馆儿是	
主题是	
你想要呈现的外观是	
你想怎样营造第一感觉	
店内布局是这样的	
还有一些小细节	

城市 你准备融入了吗

CITY
ARE YOU READY TO BLEND IN

也许有人会说，奋斗跟城市有关，但是有这么大关系吗，以至于你要把这个话题放在最开始？

从我的角度来说，是的，很重要，很相关，因为这个大环境会在接下来很长一段时间影响到你，远远超乎你的想象，所以你要先考虑，你是不是选择了这个城市。

Hey，听着，无论你信不信其他人说的，但太多人说，总有一定的道理，比如这句：创业是一条很艰辛的路，你不知道路上会经历怎样的艰难困苦，你也不知道自己目前的勇气和信心可以支撑着你走到哪一步，所以你需要信任、理解，和支持。

是的，我说的这些跟城市没有直接联系。可是这些，跟在城市里生活的人，有直接联系。无敌铁金刚，或者超能女战士，在现实生活中很难存在，在你还没有做出一些事情之前先不要把自己想得那么伟大。所以，在考虑城市这个问题时，先问问自己，

这个城市，你是不是打从心底喜欢，有没有你在脆弱难过濒临崩溃的时候可以信任和依靠的人，或者他距离这个城市很近，在你需要的时候可以很快出现在你面前——因为即将开始的这一条路，不会有想象中那么难，但也绝不会轻松。

如果你已经找到了这些人，我们再接着往下看。

每一个城市，都有每一个城市不同的文化底蕴和精神风貌（写下这四个字，我也笑了很久，但抱歉，我没有找到比这个更合适的词），北京上海广州，什么都高的城市，就注定了它们的快节奏；拉萨，神圣的西藏首府，即便什么都不干，晒晒太阳你也觉得暖心；青岛，美丽爽快的海滨城市，一城的啤酒香和烤海鲜；还有成都，美女美食美景云集，来了就不想走的城市……So，请考虑下，你做的这件事情，这个小事业，是不是能够融合在这个城市的氛围里呢？或者说，这样的一家梦想小店，更适合融合在这个城市的哪一部分里呢？

当然，你也可能是由于非以上的原因，选择了一个城市，但郑重考虑这个原因是要告诉你，这不是个轻轻松松玩闹一般做下的决定，成，或者败，都会影响你今后的生活。即便你是为了一个人、一段感情去一个城市，也请记住，实际上，是你自己为了想要实现跟 Ta 在一起或者好好经营这份感情而做出的决定，Ta 并不需要因此背负你的所谓牺牲，这是你的决定。

HERE COMES MY STORY

其实我一直都不喜欢成都。

从小在北方长大的我，比较直接，说话也很干脆，火爆的性格导致生活节奏一向都比较快，每次路过成都，好像常态的生活都要被这种悠闲打破，可能是我怕改变，也可能是我根本就厌恶这种慢条斯理的状态，尽管名字里带着"蜀"字，我却对这个蜀都一点都不了解，也没有很好的朋友在这里，我甚至都没有想要了解的兴趣。每次回家，经过重庆还是成都，我都会选择重庆，还是川江号子的火辣性格比较适合我。要说到成都唯一一点好的，是它跟重庆一样离家很近，几个小时我就可以回家。

不记得2010年那个辞职的决定具体是怎么做下的，就是想让生活来点改变，真正活着。当母亲问我，接下来准备在哪里工作的时候，我说出了"成都"。性格决定命运，以前我都在用一种性格生活，如果去到一个原来的自己不能容忍的地方，会怎么样，爱冒险的月座白羊天性就在这个时候冒出来了，幸好还年轻，幸好还可以折腾。

我很清楚，这不是意气用事，这不是头脑发热的决定，是自己渴求被锻炼。因此，接下来遇到的苦、难、累，都是自己做的决定，要么咬紧牙往前走，要么就缴械投降，无论如何，都不要让自己后悔。

三千年古都的成都，常被人说成是幸福指数最高的城市，大熊猫基地、锦里、宽窄巷子、武侯祠、青羊宫，还有南部高新区，温江大学城……尽管喝茶打牌才是成都的传统，但我始终相信，流行和传统的世界是一致的，这里会有很多年轻人想要了解咖啡，品味咖啡生活。

我想开的咖啡馆儿，要的是交流的场合，幸福的感觉，要闹中取静，要年轻人汇聚。

也许有些人，会有些担心，在一个盛行喝茶和打麻将的麻辣城市里卖咖啡，是一个发疯的想法——首先，我们得承认，确实会有难度和风险，但这就像在非洲卖羽绒服一样，是不是商机，要看如何发现。其次，经商的人常会说起的一句话是这样的：最初的商机就是寻找市场空白点，趁大众都还对这一事物没太有固定意识的时候，用品牌占有他的印象，你有了知晓度之后可以透过知名度的提升，来赢得忠实顾客。

现在，转转头，看看你有多了解你所处的城市吧！

你选择的城市是	
这个城市的风格是	
你选择这个城市的原因是	
你想开的咖啡小馆儿是	
你觉得它能在这个城市发展的原因是	

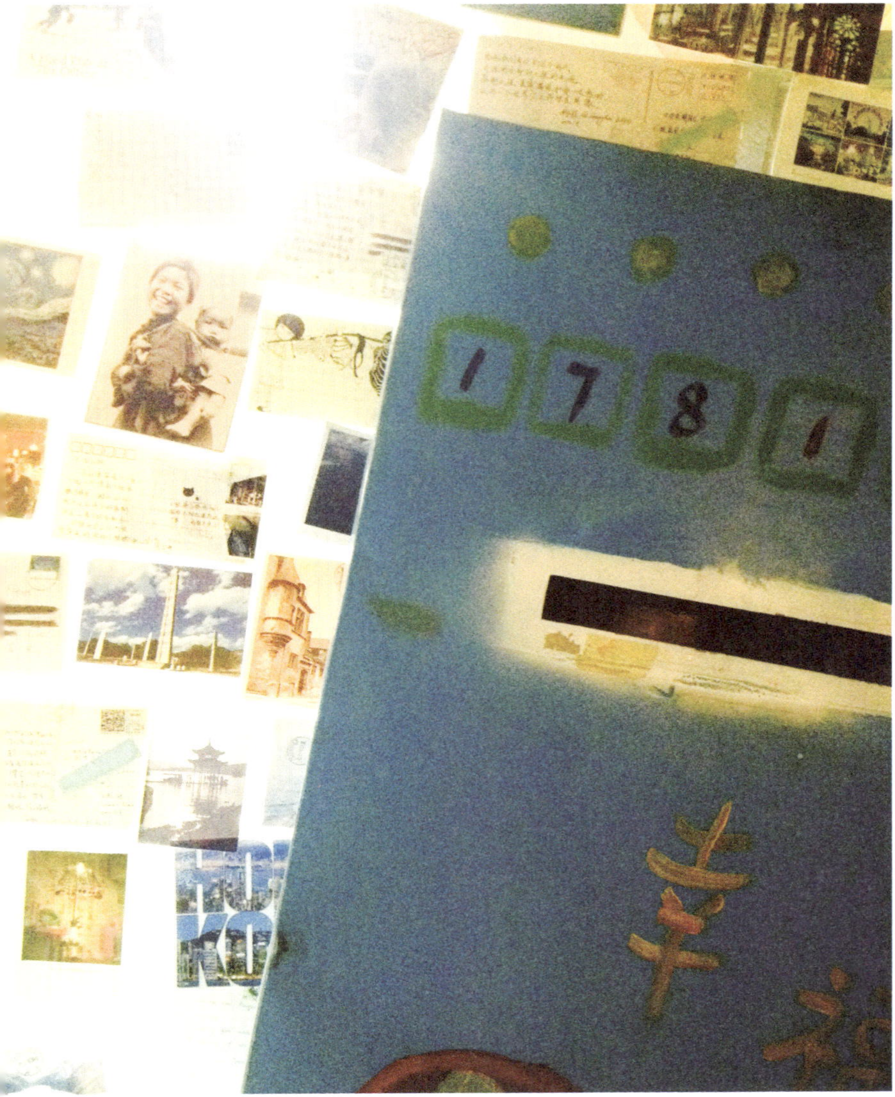

第二章

没有钱做帆 梦想无法起航

尽管在有些年代,牛气的人都『视金钱为粪土』,但在当今这个年代,你爸不一定要是李刚,可你如果要去做一件想做的事情,首要考虑的是,是否有足够的经济基础让你搭建属于你的上层建筑。

尤其,在物价飞涨的今天。

当然,需要多少钱,用在什么地方,也不是想当然的,也有一定的方法可以借鉴。

如何计算你需要多少钱

HOW TO
CALCULATE HOW MUCH YOU NEED

曾经有两个爱好摄影并且有鲜明个人摄影风格的年轻人来店里聊天，倾诉他们准备摄影工作室的各种苦处，十几分钟的倾诉之后，我明白他们最需要的是钱，然后我抛出了我的问题：那现在来说说，你们需要多少钱？

两个年轻人愣了一下，没有回答。

机会，往往都是留给有准备的人。相信钱的重要性已经不用再花更多口水和笔墨阐述，那好，我们直入正题吧。

开一家店，总的投入大约会分成如下几个部分：

1、房屋成本（包括转让费及房租）
2、硬装修成本（墙壁地板等需要找装修公司合作的部分）
3、软装修成本（沙发、桌子、植物等小装饰）
4、店内设备（营业需要的各类大型小型机器设备等）
5、原料成本（进货原料）

6、人员成本

7、备用金

是不是，也没有想象中那么杂乱无章？

大的类别分好之后，接下来就要有区别的去考虑每一个单项可能会用到的金额。怎么知道每个类别大约要多少钱呢？这时候，带着你的目标出去走走、看看，还有，好好运用互联网。

房屋成本。在做预算的时候，不需要你立马确定在哪一个商圈开始你的梦想小店，店址的选择我们也会在后面有专门的分享——所以，放轻松，了解个大概就好了，你可以带个小笔小本，从如下几方面对比考虑：转让费、房租、水电费、物管费。

以前没问过？

没关系，这个也没有想象中那么难。你可以租到的商铺通常都会贴着"房屋出租／转让"的字条，后附电话号码，掏出手机打个电话，直接询问转让费和房租，同时可以问下水电收费是商用还是民用，物管费是多少钱，如果店里老板在，那直接问就好了。通常，房东（不管第几手的）还会告诉你大约会有多少的租金幅度可以商量。同一个区域，你打两三个电话就可以了解到这个大致的片区租房的价格了，这些信息都可给以后店址的选择做参考。

如果可以的话，可以到旁边买瓶水，买包烟，跟你心仪房屋的左邻右舍闲聊一下，客流量、之前是做什么的店、为什么出租、空铺了多久等原因，让你多一个渠道去了解这家你感兴趣的店。

硬装修成本。这个部分就要运用到你的几何想象能力了。先想想，你想要开的这家店，需要怎样的布局，怎样的感觉，比如，需不需要做出工作间、吧台、卫生间等；比如，如果要很温馨的家一般的感觉，就要用淡色的墙体和木地板，如果要给人很冷调的感觉，可能需要搭建一些钢铁装备。这一环节不是细小的装饰，而是像买了房子以后找装修公司一样，你希望把它打造成什么样。

想好了之后，找找身边做装修或者做过装修的朋友，跟他聊一聊，描述你想要的效果、面积，然后麻烦他从职业角度给出个建议：大约会需要多少钱，同时你可以在网上看看原材料（墙纸、地板等等）的基础价格是多少，有几个不同的档次，差异多少，你能够承受和接受的是哪个档次。

做这些就一个原因：当你心里对你要做的事情有数的时候，装修公司是很难忽悠到你的，你也知道在硬装修上你需要投入多少钱。

软装修成本。如果说硬装修是弄好了之后你不方便移动的部分，那么软装修，就是容易移动的那部分了，比如桌子、椅子、沙发、小摆设等等，相对于投入较大的硬装修，软装修投入较小，各种成本控制调整起来也方便很多，可以通过它来调节总成本。想知道软装修的大致预算，有几个地方可以去逛一下：各地家具、二手家具市场，宜家，小商品批发市场，淘宝网，不同的样式不同的材质不同的价格，走几圈多看看，心中就有数了。这里要提醒一下，考虑软装修美观的同时要考虑"最大容客率"（同一时间可以最多容纳的顾客数目），根据你所需要物品的种类、数量，估算大致的价格。

店内设备。这个就要根据你想要开一间怎样的梦想小馆儿来定了，可以咨询开相关店的朋友，也可以偷偷去同类的店里做"观察间谍"——根据你想要出售的产品来确定店内需要的设备。如果你像我一样，要开一家咖啡馆儿，那以下这些设备是必不可少的：咖啡机、磨豆机、净水器、咖啡杯、开水桶、冰箱，如果还需要榨汁产品及三明治等，就需要榨汁机、微波炉。这些设备的基本价格可以在专业咖啡用品店、电器店以及淘宝上获得。只要你大致想好要提供的产品类别，店内设备的预算，也是so easy。

原料成本。这个也跟前面提到的产品类别相关，有了产品单，你才能够确定所需的原料成本大约是多少。这里有一点建议，如果你之前没有做过相关的店，可以先找几家相关供货公司来合作，让他们给一些建议，怎么样的产品适合你的店，原料价格分别是多少，你也刚好可以用这段时间来调整你的菜单。

人员成本。如果你的店，最初只需要你自己，那么这一项，在初期预算的时候可以省略，如果你还需要其他工作人员，就要根据当地的收入情况做出人员工资预算。由于很多的店在最初都不是公司化经营，所以这里的人员成本只需要考虑 Ta 的工资收入就好。预算时请将至少半年的人员成本算入其中，两个原因：第一，如果请了人，发工资你都要东凑西凑，那会让对方觉得这样的老板不能跟，人心不稳的结果你知道的；第二，通常半年之后都会比较明晰地看到店的发展情况，状况好的话，半年至一年已经可以实现均衡收入，不再需要额外的投入。

备用金。这就是传说中的活动资金，这个就不用多说了，通常用于宣传推广或者应对可能出现的一些情况的准备资金，可以根据你的现金拥有状况来决定。

大家都知道的，做预算，多得少不得，凡是涉及到每个月需要支出的部分，如果可以，在预算时请以年为单位，为自己留一个充足的生存考验期。但是，也不能多得离谱，请一切以自己的判断和自己能够实现的目标来推进。做每一步考虑的时候，要注意想做与能做之间的平衡点。试想，如果你月收入不到一万，梦想小馆儿的预算却在一百万以上，顶着百万压力走好第一步想必是很难的事情，所以，做能做范围之内的事情吧。

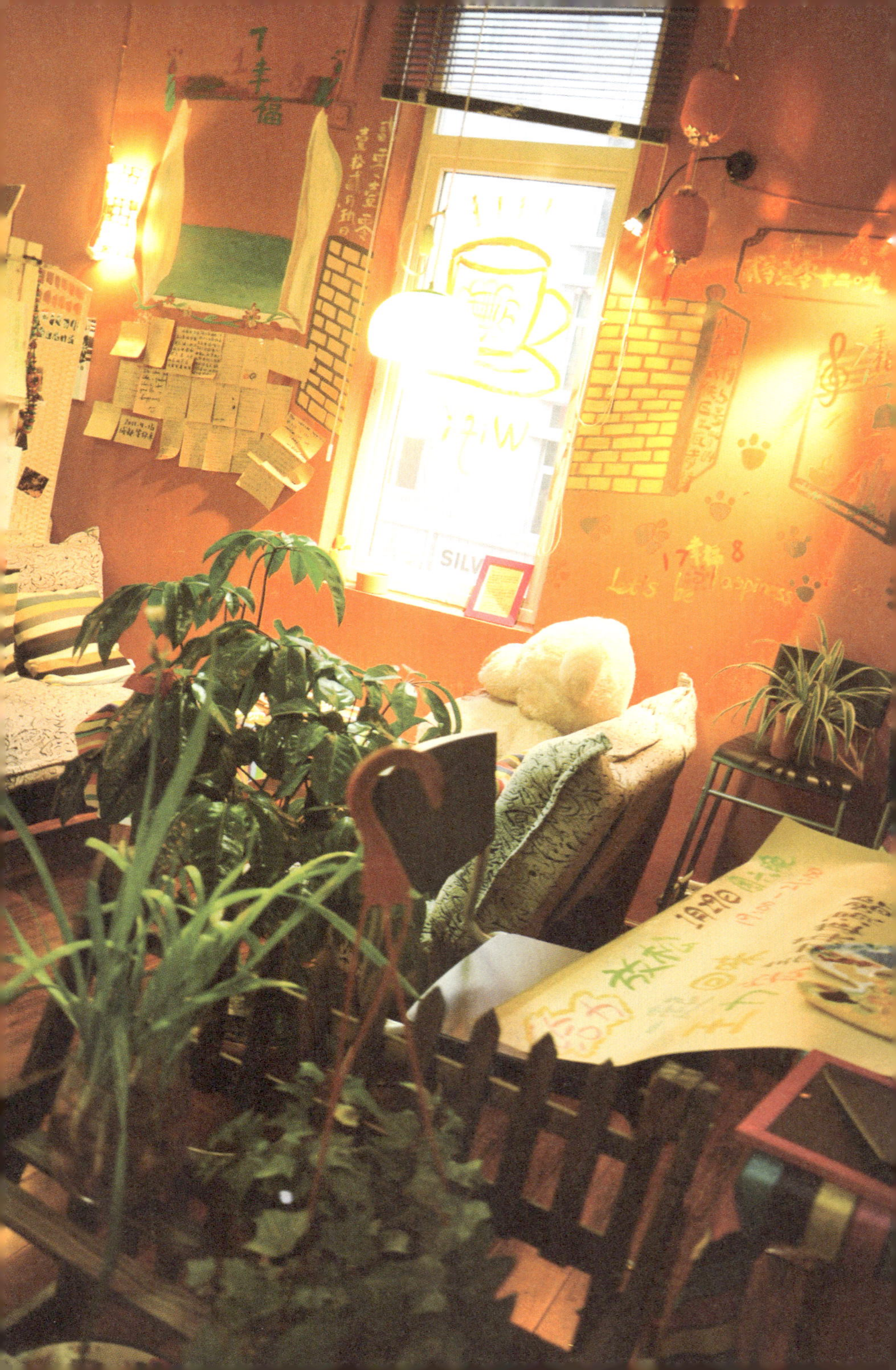

HERE COMES MY STORY

买一只写起来舒服的笔，还有一个看着舒服的本子，一份地图，背上包，出门吧。

我的梦想咖啡馆儿，要有很温馨温暖的感觉，所以要在一个感觉舒适的地方，如前面所言，要交通便利，但是要相对安静，这样就争取能够在成都一环路以内了，从地图上看，大致有几个片区可以选择，天仙桥区域、合江亭区域、人民南路区域、滨江路区域、望江区域、簧门街区域。

出门逛荡。打电话，拿小本记：70 平方米，5000 元，商用水电，物管费 3.5 元，无转让费；60 平方米，4300 元，商用水电，物管费 4 元，转让费 10 万；60 平方米，7000 元，可隔做两层，商用水电，物管费 5 元，无转让费……综合比对之后，发现一环路以内的店租平均每平方米每月在 80-120 元之间，转让费根据地段从没有到 10 万不等。有转让费的地方通常商业氛围已经培养得比较好，但是如果让我拿 10 万元出来纯粹做转让费，这是我不能接受的，所以这部分先忽略不计。

理想的小店面积在 50-70 平方米之间，所以按照每平方米 100 元左右的均价计算，每个月房租大约需要 6000 元，加上水电物管成本，争取控制在 7000 以内，一年就是 84000 元。转让费，看地段吧，两三万还可以接受。恩，还是有点小贵。

硬装修部分，以 60 平方米为基础，最糟糕的状况无非是什么都没有，那我需要的是自己搭一个砖头吧台，刷墙，木地板，还有电路和水路的改造，上网查了一下地板和涂料的价格，每平方米 2000 块绰绰有余了，那这部分是 12000 元。

软装修部分，有一个环形吧台了，那么需要周围有三到四张小桌子，小凳子，还有十几张高脚凳，其余的就是幸福宝贝陈列架，以及书架了。去宜家、去家具市场，知道了各种不同高脚凳、桌子、凳子、书柜的价格，心里大致有数。置物架看到的都不太合适，反而在逛淘宝的时候发现很有意思的格子架，价格在每一格20元以内，还有很多形状可供选择，先算需要五个造型各异的好了，这部分总价4000元。有文化的咖啡馆儿，一定要有很多书，所以买书的预算也要准备4000元，这部分小计为8000元。

电器设备部分，上网查了好些咖啡机，原来进口的和国产的价格差距那么大，国产的有几千的上万的近两万的，进口的都在两三万以上，五万块一台的机器看起来感觉就不一样。

我能承受的，20000元到30000元吧，磨豆机及相关的小设备都一并赠送安装，所以，预算20000元吧。还需要冰箱、微波炉、小烤箱、消毒柜、空调，这样整体算下来应该需要差不多10000元。另外，相应的杯子、茶杯等等，淘宝和酒店用品市场我都去看过，按照每套25元的平均成本计算，准备30套，加上其他不同类型的杯子，加上果茶壶什么的，差不多1500元。

这部分小计31500元。

原料成本。 我讨巧地去了几家不同的咖啡馆，仔细翻看人家的菜单，知道卡布奇诺、拿铁、意式浓缩、焦糖玛奇朵等等常用花式咖啡是一家咖啡店必备的，同时由于有些人是不喝咖啡的，所以需要准备少量的清茶、奶茶及相关饮料。对我而言，这是一家特色咖啡馆儿，所以要有咖啡馆儿的感觉，各种原料均按照中上等来选择，首批原料资金为5000元。

人员成本。 我不会煮咖啡，不会做饮料，尽管平常可以在店里帮忙，但是还需要一个有技术的吧员。侦查了58同城还有其他店招收吧员的工资，价格浮动在1200元

-2000 元之间。刚启动的时候我能够承受的工资是每个月 1500 元左右，当然，如果生意好工资自然就高。初步计算半年需要 9000 元，一年需要 18000 元。

备用金。一家 60 平方米左右的小店，基本的预算都已经算在其中了，况且我没有准备花钱做花哨的宣传，所以备用金的话，10000 元应该足够了。这样基本算下来，整个的预算大致为 38400 元（店面成本）、12000 元（硬装修）、8000 元（软装修）、31500 元（店内设备）、5000 元（原料）、18000 元（人员成本）、10000 元（备用金），总计：122900 元。

怎么样，想开一家店，也没有想象中那么夸张需要那么那么多钱吧，不见得你的店跟我的店一模一样，但这样算下来，你心里会大致有数，你到底需要多少钱。

还有一点很重要，亲爱的，如果你不仅仅是拿这个店来玩，在条件允许的情况下，在前期预算的时候，需要算入你自己的人工成本。是的，你不求这个店让你瞬间致富，但是它起码可以给你提供每个月必须的生活成本。如果在你全心经营这个店的同时，已经有固定收入维持你的基本生活，那这部分就不需要了。

我当时是在失业状态，并且没有任何小店经营经验，开店之后，没有业余的时间来做其他工作，所以每个月，对于我自己而言，需要计算 1500 元的生活成本，一年小计 18000 元。

因此，按照这样的分类计算方式，开一家店，一年，总共需要 140900 元。

无论这些钱对你来说，是很容易达到，还是目前没有办法实现，明确的目标至少可以帮你分析，这件事情，究竟有没有可能去做。

好了，现在，开始拿起笔来，为你的梦想小馆儿做大致预算吧。

类　别	明　细	金　额
房屋成本		
软装修成本		
原料成本		
备用金		

共计：_____

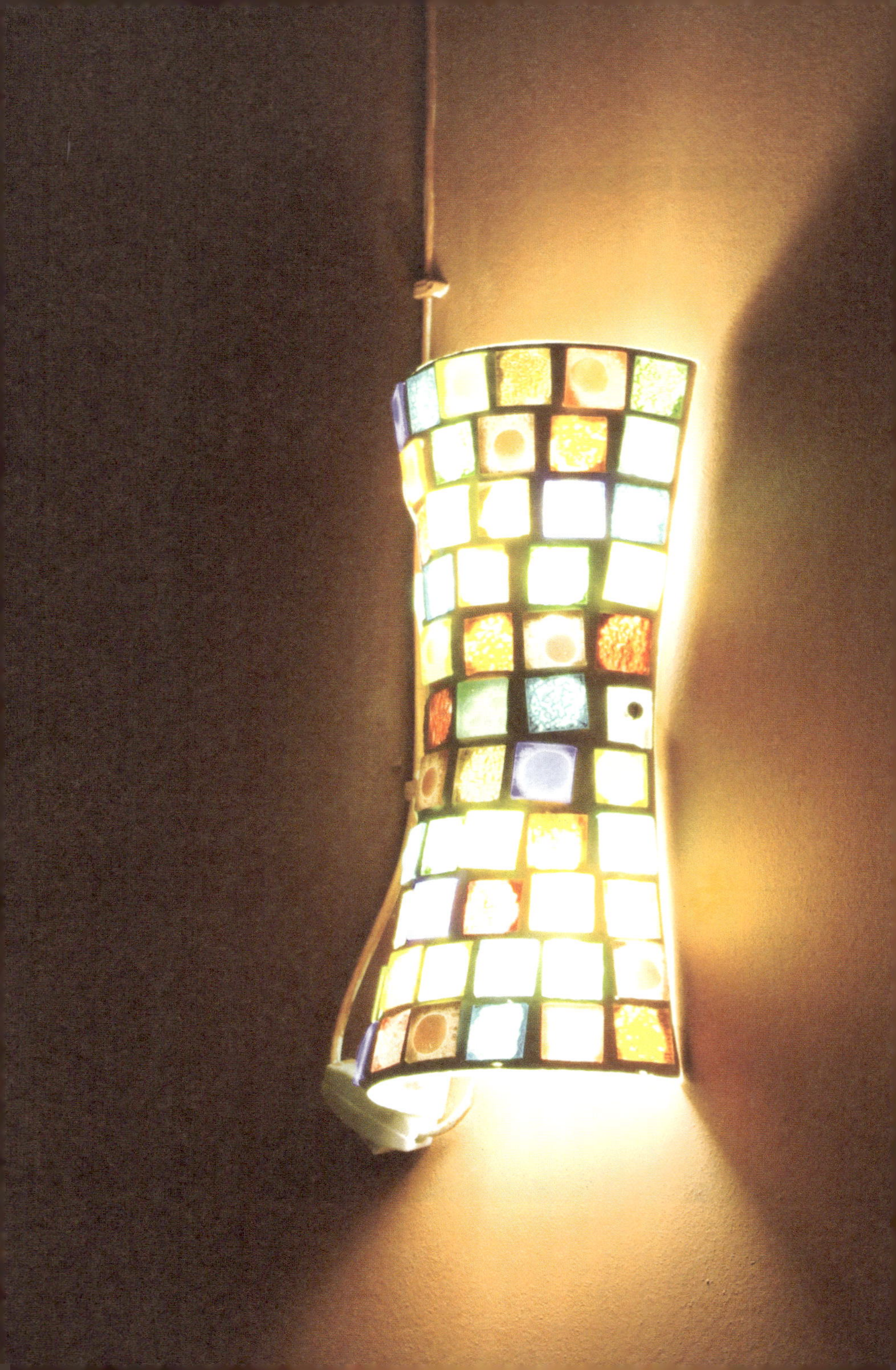

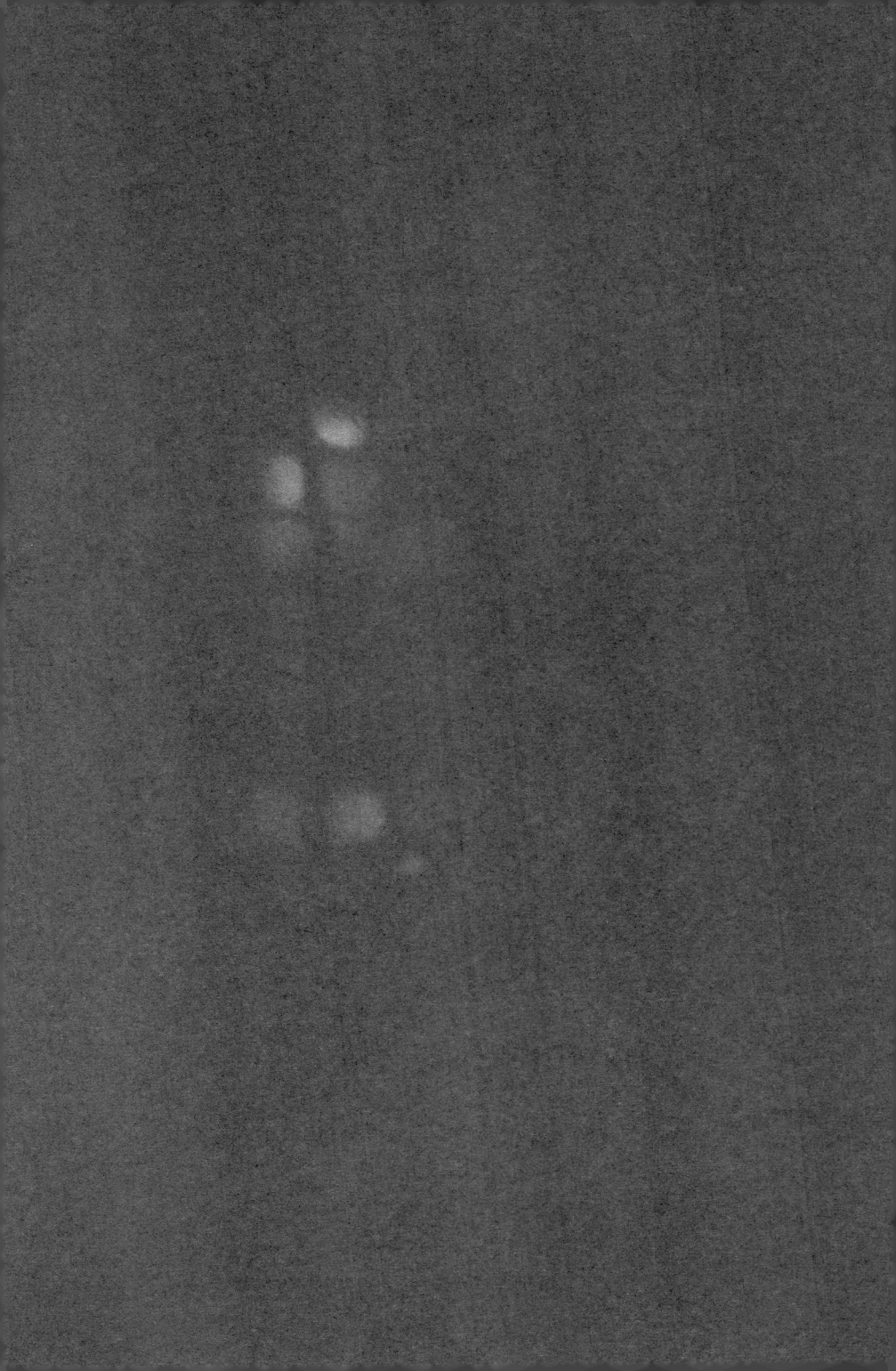

钱从哪里来

WHERE DOES
THE MONEY COME FROM

呵呵，相信大家都觉得这个部分很重要，当然，我们不能去抢银行，也不能单单祈求靠中奖来完成自己的梦想咖啡馆儿。要让梦想照进现实，有钱，是必须的。钱的来源，是很重要的。

为什么？因为关系到你的店是否会因为财务问题而昙花一现。让我们从两个方面来说钱这个问题：个人投资及合伙。

世界上的任何事物，都没有全好和全坏两种极端，两面性甚至都蕴含在个人的性格当中，比如说热情，翻过来的另一面就是多情；执着，翻过来的另一面就是固执，究竟是好与不好，取决于你决定的平衡点，以及当下的情况。

在钱的来源这个问题上，没有绝对的哪一种方式好，更重要的是哪一种适合你。

个人投资。有利的部分在于：没有人比你更清楚整件事情的

来龙去脉，你掌握着整件事情的决定权，可以省去不少跟别人争论的时间，可以减少沟通流程上信息互换及做决定的时间，说白了就是船小好调头，一个舵手更容易确定航行方向及方式。但同时，个人投资也有很多不利的地方：前期资金需求量较大，风险较大，对投资人的领导力、控制力、沟通力、抗压能力等各方面要求较高。

合伙。相较于个人独资，有利的地方在于：前期投入相对较少，风险小，有人一起分担过程中的各种压力，优势互补的合作关系能让小店更快实现目标。不利的地方在于，对合伙人要求较高，在决定权、责任承担、利益分配方面，合作之前需要有清晰明确的协定，以防悲剧上演——以好友开始的合作关系到最后变得生意不再、人情尽失。

当然，也不是没有第三种可能。

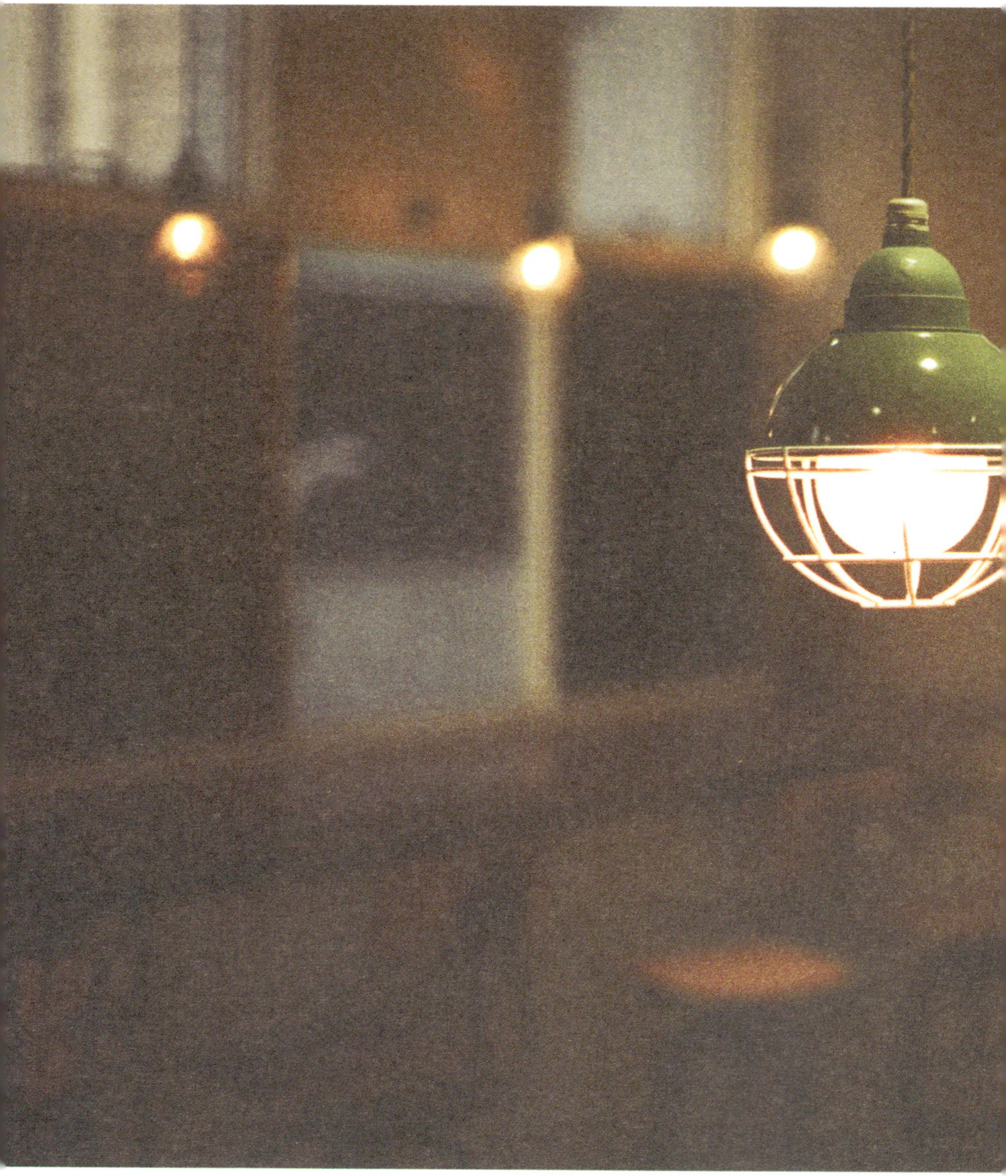

二三十岁，开间幸福小店

HERE COMES MY STORY

敲下上面文字的同时，我在思考这小小的"17 幸福 8"究竟属于哪一种，无奈到最后，我觉得它是那可能出现的第三种。

通过前面的章节大家可以知道，我的梦想咖啡馆儿，初步计划总投入约 15 万元，对于一个毕业两年，工资不高又是月光一族的我来说，这简直就是一笔天文数字。要我自己拿出这笔钱，短时间内没可能。

就性格而言，我月座白羊的特质在这种时候表现得相当明显，我会开放听取大家的意见，但是抱歉，决定权在我，我有控制事情发展方向的控制欲。更重要的是，很多朋友都觉得我的计划是痴人说梦，吃饱了撑的没事干，或者直接甩过来一句：等你财富积累到一定程度已经不用上班什么的再这么烧钱吧。看起来，如果要用合伙人的方式，短时间内似乎根本不可能找到一个合适的合伙人。

我真觉得，这就是我的一个梦了。

但也许我想得太仔细了，太逼真了，潜意识向宇宙发出呼唤，就召唤了大熊猫先生到我的身边。人与人之间的际遇啊，真是太不可思议。

大熊猫先生是我的网友，因为好朋友曾经莫名其妙跟他相约一起去婺源看了一次油菜花而认识。很长一段时间里，几乎没有什么深刻的交流，无非小丫头想换工作人生迷茫偶尔找个成熟点儿的发发牢骚求指导求给点意见。后来离职在他的建议下去了厦门游荡数日，感受闽南风情，终于见面却也是聊些不着边际的厦门旧事。回成都后，对于大熊猫先生，依旧是姓名不详、年龄不详、职业不详、身份不详，唯一能确定的就是这是个有钱人。我这个人，不仇富，但也没有巴结富人的癖好，有钱只是证明你有赚钱的能力，大家过着各自的生活，从来不觉得你有钱你的快乐就比我多。所以，当他认真问起我的计划时，我只是将我想到的一一道来，包括对于目前的我而言，这一切都仍旧是积累等等。

结果，这个神秘的大熊猫先生就说了一句话：先不考虑投入资金，你想想还有什么需要完善的，先完善，钱的事，有我。

然后，用哥们的话说，姐们就是这样华丽丽拉到了第一笔风险投资。所以说，小店是合伙，大熊猫先生负责前期投资，我负责管理经营，不同的是，这个投资人并不干涉小店日常经营，也不急于收回投资资金，给了我很多的时间和空间去"描绘"我的梦想蓝图。

一次的幸运实际背后也有它的原因，后来我有问过大熊猫先生，为什么当时会投钱给这么一个大家都觉得不靠谱的计划。他说，首先，他喜欢帮助年轻人去实现梦想，即便去努力了，没有实现，那也是一笔很宝贵的财富。其次，年轻人如果能以这种方法保持自己的感染力与激情，应该就是很有收获的了吧。

回过头来理解这个感染力与激情，也许真是因为我想得太逼真了——如果你想梦想实现，首先你要相信它会实现，即便需要时间。不是吗？

我们接着来说说钱的事情。

对于个体而言，无论独资还是合伙，如果需要你出钱，就要想一下钱的来源了。

第一，自己的积蓄。如果你不是跟我一样，没有父母要你赚钱的压力，没有男友或者养孩子的压力，想要在年轻时为梦想奋力奔跑，我不建议你全部用自己的积蓄来背水一战。因为押上全部赌注只为一盘输赢的时候，过分紧张的心理比想象中难调节多了。比较保险的情况是，你根据自己的收入、积蓄情况，梦想小店的投入情况，来设定一个可以投入的上限，把风险控制在可以承受的范围内。

第二，父母的积蓄。Well，我相信很多人会找父母要启动资金。即便最后失败，从各种角度来说并不是想要让这笔钱打水漂的，只是有时候，因为体会不到这笔钱的辛苦得来，而没有尽到百分之两百的努力罢了。实现梦想原本就不是一条平坦的大道，父母的积蓄，上面有对你梦想的期望，也有对你的期望，所以如果你选择这一种，请务必提醒自己，尽全力，不放弃，即便钱没了，我们还有经验。

第三，朋友的积蓄。你要相信，肯借钱或者投资给你完成梦想的朋友，都是真朋友（高利贷除外）；其次，朋友的积蓄被拿过来的时候，不要被感动和兴奋冲昏了头脑，有几个问题要弄清楚，是投资还是借的，投资的话有什么期待回报或者需要允诺的回报，借的话还的时间是什么时候，这个朋友有没有可能会中途需要这笔资金回收等等（之前真的有这样的朋友，要创业，找了好朋友借了5万块开店，正当店里发展要上轨道的时候，这个朋友急需收回这5万元，措手不及让我的朋友想了很多办法才把这个难关度过），以确保资金的稳定性。

我是个从小到大听到算钱就头疼的人，相信正在看这些文字的你都比我头脑清醒很多，所以，废话不多说，想想你的钱从哪里来吧。

| 个人投资还是合伙 |
| 原因 |

| 总投入　　　　　元 |

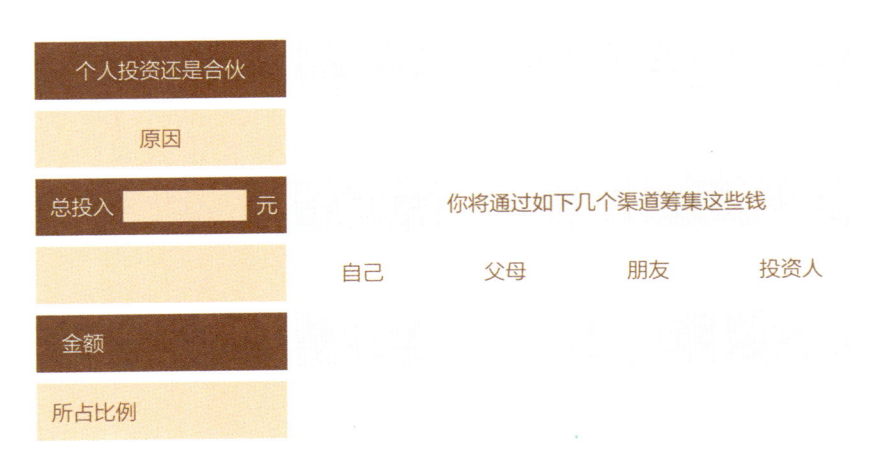

你将通过如下几个渠道筹集这些钱

自己　　父母　　朋友　　投资人

| 金额 |
| 所占比例 |

053　二三十岁，开间幸福小店

第三章

项目管理教你如何筹备一家店

从某个角度来说,项目是为创造独特的产品、服务或成果而进行的临时性工作,项目管理是将知识、技能、工具及技术应用于项目活动,以实现项目要求。

说简单点,就是将项目管理的经验借鉴过来,更科学、快速、完善地筹备一家属于你的独特的店。

目标范围及阶段性目标的制定

TARGET RANGE
AND DEVELOPMENT OF MILESTONES

呵呵，为什么我在敲下这个题目的时候就感觉到很多人会被这一章的题目吓倒？那么容许我先说一下吧，项目管理，不是你想象的一门高深的学问，在这里，它就是一种被证明了好用的方法，让你少走弯路。当你对项目管理熟悉到一定程度，安排婚礼、筹备饭局、买一套新房子甚至是搬家都可以用到这些方法。现在，熟悉我的朋友知道为什么我能在同一时间做很多事情了吧，时间管理是其中很重要的一环。

废话说完了，我们来进入正题。

启动一个项目，起初，是要去完成一个目标的，或者更准确地说，解决一个问题。也许这时候有人会说，你疯了吧，我想开个咖啡馆儿，想解决什么问题啊？请允许我先微笑一下，来两个深呼吸，你接着看：

你想开一个梦想咖啡馆儿，是因为在你的生活范围内，很难触及到这么一个合你胃口的梦想咖啡馆儿吧？或者说，你有已经很钟意的店，只是它不是你的，它还不够"你"？再或者说，你想开一家梦想咖啡馆儿，因为你想要通过这样的方式在工作和生活中间，建立属于自己的"第三空间"，然后吸引到志同道合的朋友，丰富生活？还是说，你觉得现在的咖啡馆儿，要么太文艺，要么太商业，你觉得大家都很疲累，需要一个小小温馨的心灵港湾，你想创造这么个地方来满足大家的需求（或者就是你自己的需求）？

这些，是不是你想解决的问题呢？

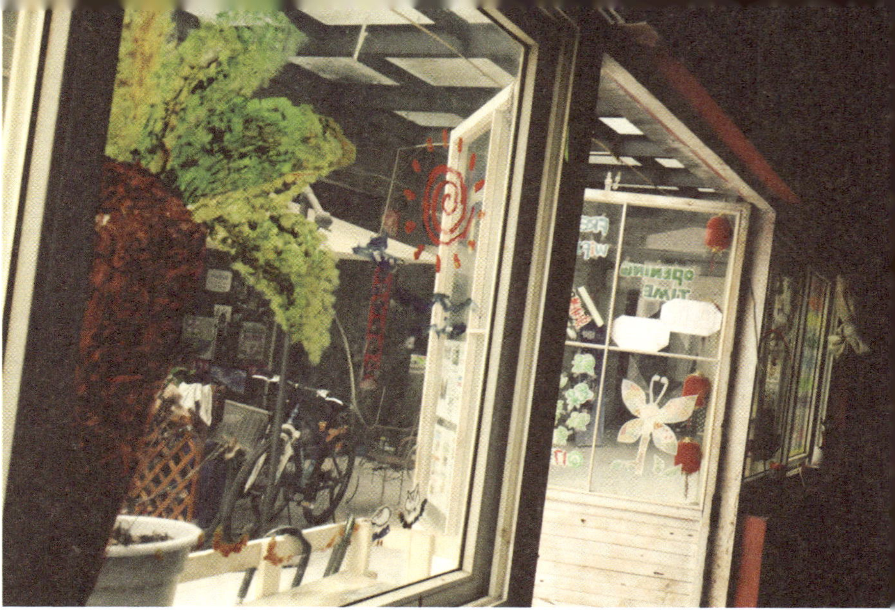

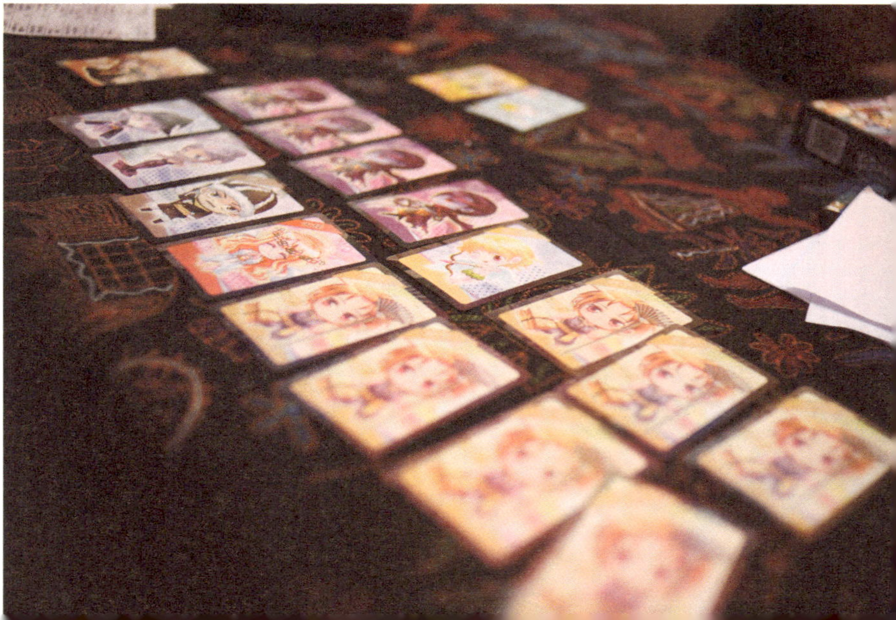

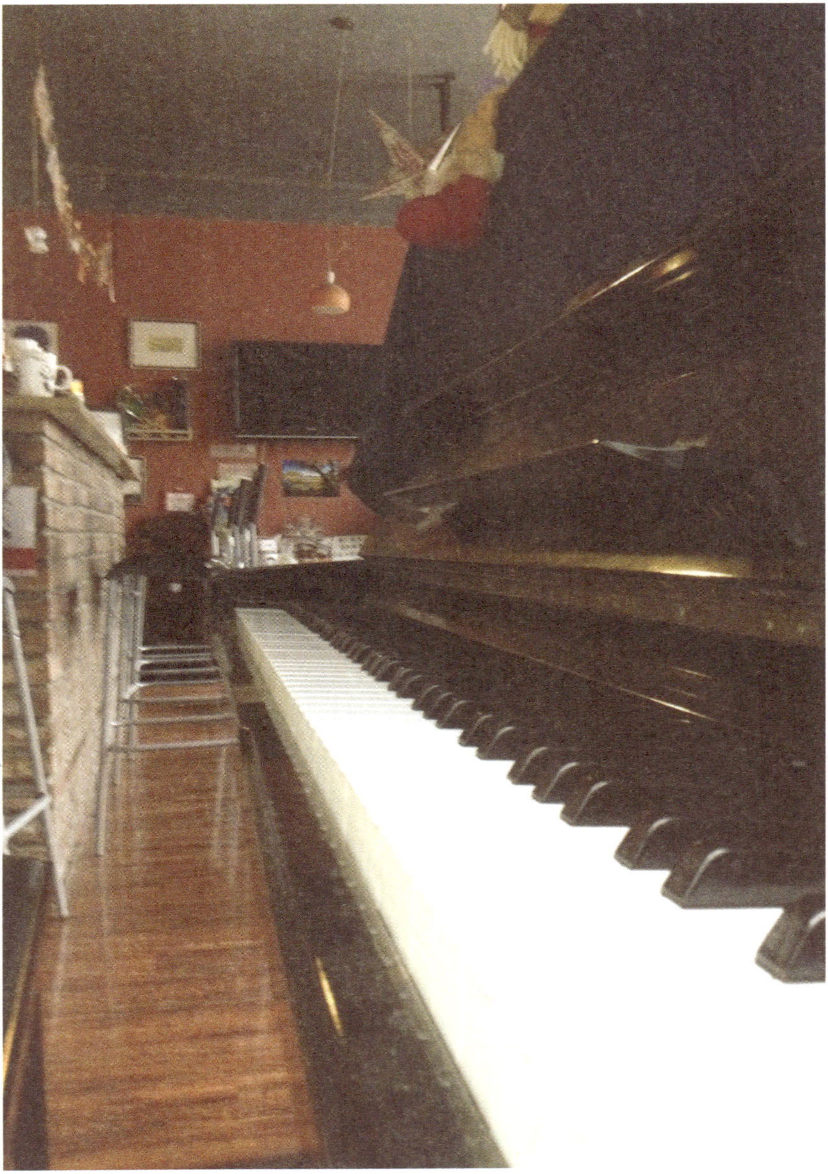

HERE
COMES
MY
STORY

    我最初回成都来的时候，经历了两种情况，一种是朋友们知道我离职出去游荡了一圈之后逃离北上广回到四川纷纷表达了自己的各种感叹，比如："妞你真有勇气，我这苦不堪言的工作都快闷死我了，要不是为了这一个月的几千块，我也回去了"；"你看看你多好，还能出去旅游，我们除了上班就是回家死宅，上大学的时候还看看书，现在，看电视剧我都觉得很累，你说这么活着是为了啥"；"同学聚会大家都房子车子票子，我也不想让自己这么拼，可是生活就是一股洪流，不进则退，我没办法啊"……大家过得都越来越失去自我，都越来越被各种小方格束缚，都越来越憋屈，越来越找不到"归处"。我的困顿，并不是我有，是大家都有，只不过我这么过不下去了，所以选择停止、休息，尝试改变。

    第二个情况是，我回成都的时候，真心想要找个工作养活自己，好好过渡一下，了解这个城市，可是能够投出去简历的单位不太多，难得被招去面试的，总逃不过那两个问题："你怎么放弃这么好的工作从北京回来？""我们公司不是很大，你期待一个月的薪水大约是多少？"

    我们活着，真的就只为了这些吗？

    没错，这就是我想解决的问题：能不能有个地方，让我过我想过的生活，也让大家都喘口气，换种方式换种心态过想过的生活？

    为什么先要问清楚自己这个想要解决的问题呢？

因为问题连着你的愤怒，愤怒连着你改变问题的动力和决心，还有更重要的，问题连着目标，目标中有明确的你这家梦想小馆儿的目标人群。

把问题换一种方式，很容易就得到你自己的目标了。比如上面你看到的我的问题，"能不能有个地方，让我过我想过的生活，也让大家都喘口气，换种方式换种心态过想过的生活"，来换个角度，实际上我的目标就是："创造一个梦想小馆儿，给大家一个轻松温暖的氛围，发现生活中真正的美好。"

目标人群？呵呵，你觉得，在我这个目标里面，怎样的人需要这样一种氛围？没错，跟我一样的年轻人，游走在现实和理想之间，心存希望，愿意付出些改变。

如果说目标与自己的梦想有关，那么目标人群则与商业经营有关，明确你的目标人群，提供他们可以购买的服务，包括环境、活动、产品等等，因为"有需求才有市场"，这是让梦想小馆儿生存下去发展起来的前提条件。

现在，你明白我为什么要在最初让你问自己那些问题了吧？好，接下来我们进入第二环节，阶段性目标的制定。

所谓阶段性目标，是指将大目标确定之后的细分，要实现大目标需要哪几个环节，每一环节之间是什么关系，对于每一个环节而言，小目标、活动步骤、可能出现的风险、风险应对方案、时间节点、负责人、可以获得的帮助支持、备注分别是什么。这就要用到传说中的项目逻辑框架，下面是一个我个人觉得比较好用的综合模板——

分目标	产出	时间	要点及步骤

总目标及产出

分目标	负责人	可用外部资源	备注

可能的风险及应对	负责人	可用外部资源	备注

你懂的，以不变应万变，稳扎稳打，直至梦想实现。这里要特别说明的是，目标是做这件事情想要实现的效果，产出则是指可以看见的效果本身，所以从某个角度来说，是否产生了这个产出是项目目标是否实现的监测手段之一。

其实，很多时候，很多事情，不是我们没有能力去做，只是没有找到合适的方法而已，或者说，缺少合适的工具去梳理这一切。

这么说好像有点儿抽象，OK，来看我的例子。

总目标及产出 （创建一家可以让人感受幸福的特色咖啡馆儿）						
分目标	分目标产出	时间	要点及步骤	可能的风险及应对	负责人	可用资源
调查分析	一份针对目标人群及对地点、装修风格、价格、活动形式等有价值的调查报告一份。	一个月	设计调查问卷；选择人员发放；回收；分析；撰写调查报告。	成都当地认识的人较少，尽可能将调查问卷覆盖更多城市，以求共性。收到问卷的朋友忘记填写，电话、邮件提醒。	梁龙蜀	各城市朋友圈
选址	高校附近60平方米左右可承受的店面一间。	一到两个月	研究地图，分片区；青羊区踩点；武侯区踩点；金牛区踩点；成华区踩点；制作店铺比对表；确定店铺，签协议。	时间和精力有限，不能面面俱到，所以尽量缩小范围，以点窥面。	梁龙蜀	无
硬装修	符合之前想象的外观、吧台、墙面、低台、电路、水路等有质量的特色咖啡馆儿"外壳"一间。	两周内	发布装修广告；确定合作装修公司；签协议确定装修方案；监督装修开展；验收装修成果。	时间有限，很难找到最合适的，尽量观察细节，确定比较合适的合作对象。	梁龙蜀	找干爹询价
软装	在"外壳"基础之上，有各类生产、电器设备，完成内场布置。	至开张前	确定家具圈及路线；看现场，记录价格数量运费；淘宝比对；确定物品、订购；收货布置。	时间和精力有限，尽量在确定材料及样式之后再以价格区分。送货时间需要根据硬装修的时间协调。	梁龙蜀	淘宝
进货及供货商选择	备齐原料，确定菜单。	两周内	网上确定供货片区；实地询问数量价格；确定合作公司及合作方式。	没有经验容易被骗，需要多家比对价格及产品。	梁龙蜀	Yoyo
合作伙伴	找到至少一个合适的人，开张营业。	至开张前	确定合作伙伴性格要求等；在网站、朋友中发布信息；面试、确定；培训试用；签订合作协议。	可能在开业前找不到合适的人，由于我自己不会，实在不行只能一边招人顶着一边报名去咖啡学校接受培训学习。	梁龙蜀	Yoyo

现在轮到你了——

你想要解决的问题是

你想要实现的目标是

你的目标人群是

	分目标	产出	时间	要点及步骤	可能的风险及应对	负责人	可用资源	备注
总目标及产出	分目标1							
	分目标2							
	分目标1							
	分目标2							
	分目标1							
	分目标2							

一 调查分析就为查漏补缺

HERE
COMES
MY
STORY

先别被梦想闪耀的火光蒙了双眼,别激动,请原谅我必须要在你已经很亢奋的情况下告诉你一个冷冰冰的事实:目前为止,一切的一切,都在你脑海中,都只是你个人的想象。

我们不是阿基米德,不能靠想想就能悟出阿基米德原理,而且一个人的想法,或过于超前或过于保守,现在,需要你从更多的人那里取经,用大家的智慧来帮你查缺补漏了,即便只是验证你的想法对不对,可不可行,这也是值得的一步,不是吗?相信我,即便你是个智商高过 Sheldon 的超级天才,一个人的智慧也是有限的。

有些朋友可能这个时候心里又有了疑问:找人聊天,查缺补漏,那我的创意会不会被别人盗走?呵呵,对于即将进入商场打拼的你来说,有这样的担心是很好的事情,因为梦想小馆儿,它不是慈善机构,不是避难所,要存活在这个社会中,它需要符合商业运作。既然你的担心不是多余的,我们就想想,如何委婉又巧妙地完成这一步骤吧!

从项目管理的角度来说,项目立项前的调查分为定量、定性两种,定量大多通过设计调查问卷、用较大的"分母"来验证其普遍性。定性,则通常由一对一或者一对几的访谈来完成,力求更加深入的探讨。

先来聊聊调查方案的设计吧。

正如前面提到的,设计调查方案的目的是透过这样的交流,去验证自己在脑中设想的问题及方案是否可行，大家的接受程度，可以支付的金额（这关系到产品类别及定价），以及了解你未想到的期待。

需要注意的是，大家都很聪明，问题设计上可能需要你根据你想要了解的问题进行相关设计，比如，在前期我的计划中，梦想小馆儿是一家咖啡馆儿，我希望这里有借书服务、有换物服务，我还想知道大家能够承受的金额大约是多少，以及，大家是否需要这样的一个场所。可能由于巨蟹座迂回的性格，我预感到直接写出我的计划会被大家各种提问，我需要花费时间回答，而且在我不是很确定的情况下我不想被这些提问影响了继续下去的信心，所以我在调查问卷上做了点手脚，来看看，你能感觉到吗？

一 幸福调查问卷

亲爱的，衷心感谢你参与调查，一起找找幸福究竟在哪里：你的选项可以使用将你选的答案标记，多选题已单独标注。好了，现在我们进入正题吧！

1- 你的性别是：男☐ 女☐

2- 你的年龄：15-20 岁☐ 21-25 岁☐ 26-30 岁☐ 30 岁以上☐

3- 你的收入是：还在念书☐ 2000-4000☐ 4000-6000☐ 6000-8000☐ 8000 以上☐

4- 你常住的城市：北京☐ 广州☐ 上海☐ 南宁☐
成都☐ 青岛☐ 南京☐ 苏州☐ 其他☐

5- 你对自己目前的生活状态满意吗？
满意☐ 不满意☐ 还能怎么样☐ 一般般吧☐ 其他（请注明）☐

6- 你相信幸福存在吗？
坚信☐ 相信☐ 也许存在但我不是那个幸运的人☐ 不信☐ 你在胡扯什么☐

7- 你眼中的幸福是怎么样的？（可多选）
幸福就是拥有健康的身体☐
幸福就是身边有很多朋友关心☐
幸福就是可以赚很多很多钱☐
幸福就是找到了人生伴侣一起生活☐
幸福就是周末回家跟爸妈一起享受家庭欢乐☐
幸福就是准备了很久的考试终于顺利通过☐
幸福就是有自己的爱好，并且一直坚持☐
幸福就是有时间可以翻出一段一段回忆慢慢回味☐
幸福就是开心或者悲伤时，都有人可以分享☐
只能意会，不能言传☐
其他（请注明）☐

8- 你觉得生活中,你能常常感觉幸福吗?

挺经常的□ 一般□ 很少□ 几乎没有□ 我沒有思考过这个问题□

9- 你觉得对于你来说,最容易获得幸福感,是从:

爱情□ 亲情□ 友情□ 自我认识和成长□ 事业□ 爱好□ 其他(请注明)□

10- 你上一次感受到这样的最幸福,是在:

昨天□ 一周以前□ 一个月以前□ 一年以前□ 很久很久以前□ 我记不得了□

11- 你觉得中国最幸福的城市是:

北京□ 成都□ 杭州□ 上海□ 丽江□ 阳朔□ 重庆□ 广州□ 其他(请注明)□

原因:

12- 你平常的生活节奏是:

简直太忙了□ 比较忙□ 一般忙□ 比较悠闲□ 一段狂忙一段狂闲□

13- 业余时间(排除各类放假时间),你最常选用什么休闲方式放松自己:

吃喝□ 唱KTV□ 看电影□ 看书□ 听音乐□ 去咖啡厅泡吧□ 睡觉□

其他(请注明)

14- 这是你最想要的休闲方式吗?

是□ 不是□

(如果选"不是",那你最想怎么样放松呢?是什么阻碍你选择自己最想要的休闲方式呢?)

15- 你可以接受的一次放松休闲的费用是:

20元□ 50元□ 100元□ 200元□ 500元□ 500元以上□

16- 你出门放松休闲的频率是:

两三天一次□ 一周一次□ 两周一次□ 三周一次□ 一个月一次□ 其他(请注明)□

17- 现在回想一下你的窝里,有没有什么是你不想要了但是还可以使用的?(衣物除外)
很多很多☐　没有☐　有四五件☐　有两三件☐　有一件☐

18- 你会怎么处理这些物品呢?
你有什么好办法吗☐　先放着吧☐　给邻居☐　给朋友☐　扔掉☐

19- 再想想,你有没有什么有着浪漫回忆的物品,但实际上,你仅拥有回忆就可以了,不需要再看到这些曾经写满幸福的物品?
很多很多☐　没有☐　有四五件☐　有两三件☐　有一件☐

20- 你会怎么处理这些物品呢?
你有什么好办法吗☐　先放着吧☐　给邻居☐　给朋友☐　扔掉☐

21- 你希望跟别人分享这些物品身上的故事吗?
我愿意☐　看人☐　看心情☐　我不愿意☐

22- 你是一个喜欢听故事的人吗?
是的☐　看人☐　看心情☐　我不喜欢☐

23、如果你可以用一件你不需要的物品换回另一件你用得到的物品，你会：
我愿意交换☐ 没有这样的地方吧☐ 网上换物不可信☐ 我从来都是一手☐

24- 你相信这句话吗——书非借不能读也
我相信☐ 看什么书了☐ 还是自己的看着方便☐

25- 你愿意跟别人分享你的读书感受吗？
我愿意☐ 看人☐ 看心情☐ 我不愿意☐

26- 你选择看什么书的时候，会不会看书评？
我都百度的☐ 我会问身边朋友☐
如果选书的时候能看到大家对这本书的感受会更好☐ 我从来不问不查☐ 其他（请注明）☐

27- 关于幸福，你最同意下面哪句话：
其实生活中有很多幸福，就看你怎么看待和怎么发现了☐
这是个幸福感缺失的社会，我们已经忘记了幸福的味道☐
随缘，该来的时候就来了☐
幸福要靠自己争取☐

HERE
COMES
MY
STORY

好了，非常感谢你！！！如果可能，分享给身边一个朋友填写这份问卷吧，如果可能，请尽快回传我，谢啦！每天都健康、开心！

我不是项目管理或者社会学科班出身，只是这样一封邮件发出去之后，我在两天内收到了全部的回复，大多数回复的邮件正文都带着一段类似如下的话："妞，谢谢你发这个调查给我，让我想到很多没有想过的事情，我也不知道为什么你要做这个调查，但我相信你是有'阴谋'的，希望你一切顺利。"

BINGO!

接下来要说的是，调查对象的选择，首选，当然是你的目标人群，如果可以细分，当然最好。细分的大致标准包括性别、年龄、收入、城市。拿我来说，我的目标人群是年轻人，其中，20-30岁是理想的主要消费人群，所以要多找点这样的人了解想法；我准备的店，是要开在成都，那么最好的情况是我在成都找到符合以上条件的一群人填写调查问卷。还有一点很重要，那就是你所选择的调查对象能够如实反映他们的想法给你，认真填写这份问卷，最好能够给你提供相关建议。

无奈，成都不是我的地盘，我做不了主，当时在这个城市我认识的人恐怕还不超过10个，就只能采取迂回策略了，我将这份调查问卷发给了我在全国各地的26个朋友，总有些东西是全国年轻人都一样的吧。

调查报告回收之后，就进入这个环节里最重要的一步：分析这些回收的调查问卷，写调查报告。

二三十岁，开间幸福小店

一 幸福调查问卷报告

一、调查背景：

为了了解现在不同年龄段的年轻人的收入水平、对幸福的理解、对目前个人生活与幸福的距离、休闲习惯、可接受消费金额、换物兴趣、阅读习惯等，进一步了解幸福小馆儿是否有潜在的客户需要，特设计了本项调查问卷，希望能够从中获得相关资料。

二、调查范围：

本次调查随机挑选 26 人进行答卷，男女比例为 14:12。

本次调查覆盖年龄段为 15-20 岁 1 人，21-25 岁 16 人，26-30 岁 6 人，30 岁以上 3 人。

收入比例为，还在念书的 4 人，2000-4000 元的 14 人，4000-6000 元的 4 人，6000-8000 元的 3 人，8000 元以上的 1 人。

调查人员地点分布为北京、青岛、南宁、成都、重庆、广州、苏州等。

三、调查结果显示（部分）：

你满意现在的生活吗？

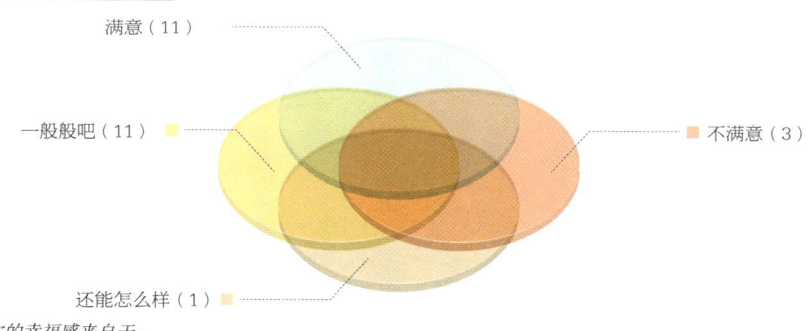

满意（11）
一般般吧（11）
不满意（3）
还能怎么样（1）

你的幸福感来自于：

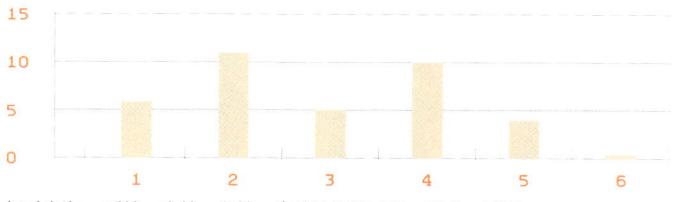

	1	2	3	4	5	6
	6	11	5	10	4	0

相对应为： 爱情 亲情 友情 自我认识和成长 事业 爱好

四、调查结果分析：

被调查的年轻人大多忙碌或偶尔忙碌，在选择休闲城市时，得票最高为成都、丽江、阳朔，一部分提到最喜欢的休闲放松方式是旅游，但碍于时间和经济条件不能经常采用。由此可见，无论在被调查的哪个城市生活，年轻人的日常压力都较大，需要放松。如果小店能够给人可信任、放松甚至压力释放，是可以吸引人的，同时，因为大家"心在别处"，如果能够更有范围的换物或者以明信片照片显示的方式，让大家可以在这里就了解到其他地方，也可以吸引人。

从休闲方式来看，大多数人选择了比较个人和能够获得其他感受体验和成长的休闲方式，看电影、看书得票较高，其次是游泳和听歌；接下来才是有其他人参与的吃饭、唱 K、咖啡厅等。且大多数人休闲频率为一周一次或者不定期，且单次消费都可以接受 20 元以上的价格。由此可见，被调查的年轻人是愿意为自己的放松休闲付费的，但由于不同人、不同情况有不同的选择方式。其中，选择了咖啡厅休闲的人，单次可接

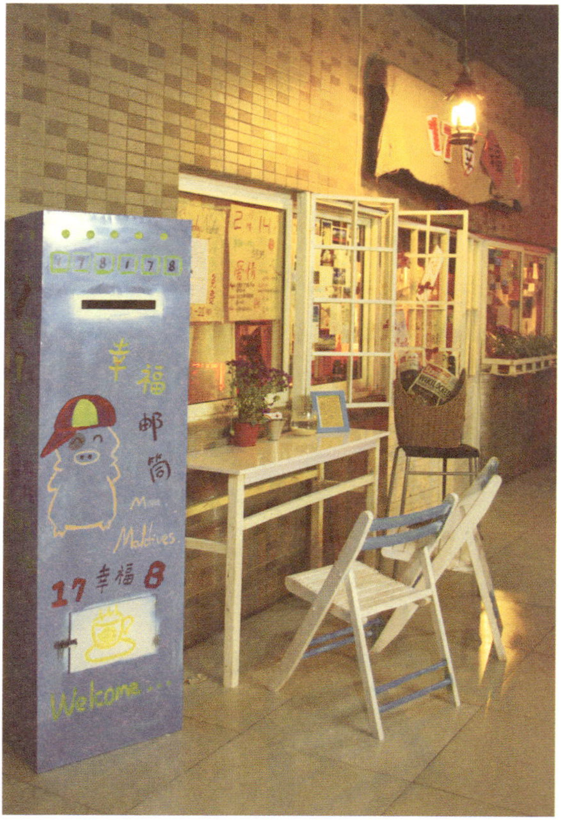
幸福
邮筒
Maldives.
17幸福8
Welcome...

受消费金额为 20 元、200 元、500 元以上，因此咖啡的均价定为 20 元，可被接受。同时，店内如果安装投影仪，定期播放电影，也会吸引部分人。

参与调查的年轻人大多较为满意现在的生活，相信幸福存在，并对幸福有着各自不同的理解和看法，较多幸福来源是亲情、自我认知与成长、爱情，因此，如果开店能将亲情、爱情作为主要分享内容，能够让人在这里感受到自我认知和成长，小店就会让人有幸福感。

关于闲置物的选项中，26 人有 6 人选择家中没有闲置物，有 4 人未有回忆物品，同时绝大多数人选择愿意进行物品交换，同时，绝大多数人愿意看人、看心情或乐意跟别人分享自己的物品故事，没有人不愿意听别人讲故事。由此可见，大多数人家中有闲置物品，目前大多处于"先放着"的状态，并且愿意交换成对自己有用的物品，有回忆物品的也愿意分享自己的回忆故事，大家又喜欢听故事，小店确实存在潜在需求。

关于书的选择中，尽管部分人要看人、看心情，但全部人愿意分享自己的读书感受给别人，同时 4/5 的人会选择通过各种途径，了解别人对这本书的评价之后再进行阅读，且 9 人相信"书非借不能读也"，7 人是否非借不能读要看什么书。由此可见，在小店内设立幸福图书馆，是可行的，如果能让大家在借书前就看到别人对这本书的评价，会方便大家选择阅读。因为 26 人中有 2 人明确提到自己看书评是通过豆瓣，小店还是要落户豆瓣的。最后一道题，大家如何理解幸福的判断中，"其实生活中有很多幸福，就看你怎么看待和怎么发现了"独占鳌头，较多人认为，幸福感的缺失是因为自己认识不到感受不到。所以，如果能够有个地方让大家互相交流，幸福是可以发现和体会的。

五、调查结论

原计划的幸福小馆儿可以满足目标人群换物、阅读、分享的需求，在全国各大城市都有生存的基础。

六、调查可能存在的问题

1、调查对象分布全国，成都的情况可能略有不同。

2、因为要迂回询问，所以只能了解大概，未能明确太过具体的问题。

怎么样？

定量的分析结束之后，就要开始定性的访谈分析了。我的方式是和盘托出，尤其是将你的策略及方法，关键是要选对的人，这个人是你信任的，这个人是比你睿智或者有更丰富社会经验的，这个人是跟你有不同思维的，这个人是可以就事论事跟你讨论并且问你为什么和怎么办的。

我选了四个做定性访谈的朋友，分别是好友董莉、李春丽、漫画家猫小乐，以及青少年性家教林艺，都是很好的朋友，而且四个人有四种不同的性格及看待问题的角度。中间冗长的交流过程有 N 多篇的 QQ 聊天记录，我也曾面临猫哥很直接的问题："你这不就是小孩子在过家家吗？"我也曾被很多个怎么办弄到面红耳赤答不上话，但正因为这些，朋友们的担心和不同视角让我能更全面去思考问题， 透过这些绝对是为你好的交流，你会不仅更清楚自己想做什么，还有更多的能做什么和怎么做。

每个人的风格不同，选择的朋友和交流方式也有不同，定性访谈并没有固定的模板，根据你的梦想小馆儿列个提纲就好了。友情提醒一下，请把你选择的朋友当做你的梦想行动考官，请自己先做好准备去迎接这一个个考官，再走这一步，不然，面对暴风雨式的问题，你懂的，不在暴风雨前阵亡，就在暴风雨后更坚定地前行。当然， 我希望你也能成为后者。

祝你好运。

调查问卷

调查报告

访谈记录感受

二三十岁，开间幸福小店

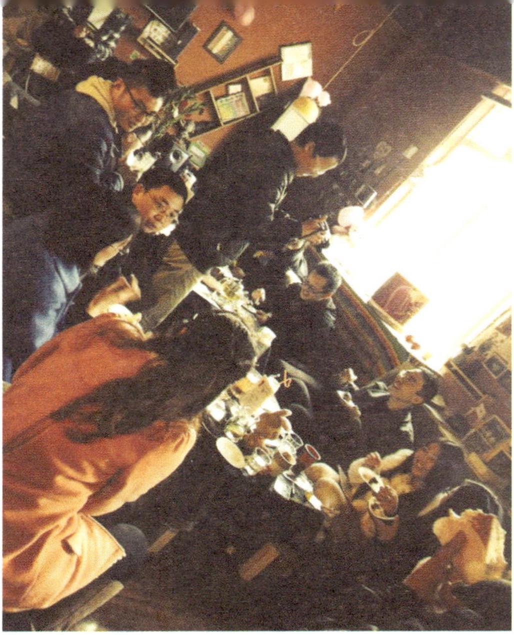

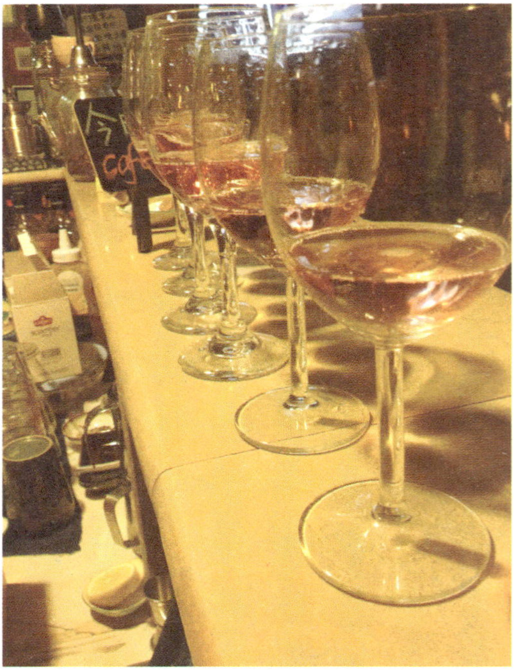

店面选址

HERE
COMES
MY
STORY

计划有了,钱的问题解决了,也有朋友帮忙完善规划,现在,嚼块口香糖,我们进入实战阶段,耶!

相信很多有创业准备的朋友都会去很多电子图书网站或者书店,挑选一些前人谈论创业的图书来阅读,其中也有很多涉及到店面选址的图书,我自己也看过很多,这里就来努力帮大家少走点弯路好了。

店面选址,关系到两个很重要的方面,租金水电等房屋成本,以及不同的位置带来的不同客流量还有基于这个基础上的不同收益。当然,尽管一个是支出部分,一个是收入部分,但它们的关系始终是正相关。因此,要为自己的梦想小馆儿选址,不见得一定要最贵最繁华人流量最多的地段,也不见得最便宜最偏僻人流量最少的地段,关键是是否合适。

还记得之前在做整体投入大致预算的时候有让你拿小本记录片区可租房屋信息吗?这个时候,它们就派上用场了,一边继续寻找合适的铺面,一边可以用另一种颜色的笔画出你还比较满意的单位,就可以开始做店面比对了。

可选店铺比较表

地点	类型	面积	其他	房租	物业费	电费	水费	转让费	其他	联系人
致民路34号007	小区底商	76	距离春熙路，步行15分钟，致民路与龙江路中间的"锦宏骏苑"北部小区底商，有绿化带，是个休闲小广场。周边有钢琴行、民乐行、按摩店、便利店、茶馆、主题小吃店、炫酷自行车行、录音棚、建行等，300米外有户外主题酒吧，到川音步行10分钟。此店铺虽是底商，却在小区外，且这条路是龙江路和致民路的通道，不只有小区居民会经过。	5200	3.5	1.39	4.6	无	店铺原来是两店连租做美容的，已经空铺两三个月，之前房租为每月每平方米90元，地砖为米白色，有厕所，可继续使用。若租用，需重新刷墙，并在两店铺间加隔断。隔壁民乐行的老板也盯着这个店面，想要扩大营业规模，一直在等房东降价，这也许从另一个侧面反映，这个地段有生意做。	江先生
共和村5号2-27	商务楼二楼	70左右	共和村5号是整栋的商务楼，一环路南一段红瓦寺内，距离一环路南一段的休闲广场10分钟路程，步行至川大小北门5分钟，该店铺靠街，位于楼梯右侧。商务楼一楼主要为小吃店，外加饮料店、服装店、小饰品店，二楼有两家PSP游戏店、三家桌游店以及服装店、火锅店、手工布艺店，还有一家无国界料理餐厅。	6000	4.5	1.3 | 1.6	4.3	无	下午人较少，晚上人比较多，下半年为淡季，顾客主要是川大和一街之隔的川音、川艺学生，手工布艺店开业两个月，"生意还过得去"。奇怪的是二楼好几家服装店都要转让或者出租。老板说店铺有100平方米，可目测最多70平方米左右，店铺未有任何装修。	古先生

第三章 项目管理教你如何筹备一家店

可选店铺比较表

地点	类型	面积	其他	房租	物业费	电费	水费	转让费	其他	联系人
锦兴路1号雕墅1-114	电梯公寓底商	75	距离春熙路，步行8分钟，步行至南河约8分钟，店铺前有一绿化小广场与主路隔开，较为安静，小广场是一茶馆，周边有云上咖啡、浴足店、送水行、便利店等。	9000	3	1.4	4.6	无	可使用的楼高为5米，可价格双层，店铺成狭长长方形，宽约为5米。开发商直租，此间店铺比云上咖啡略大一些，云上开了三四个月，还在做，证明还是有生意吧，同时，两家特色咖啡店开在一起，不知可不可以是好事。另外，电梯公寓旁还有四层小楼底商出租，面积50-70平方米，平均每月每平方米75元。	
玉林东路水果超市	临街店铺	100	体育馆南门正对面，人民南路四段主路旁50米，两层（第二层看起来很破）。周边有便利店、充值卖卡店、健身房、网吧、火锅店，隔壁是快餐店。	4500	市价	市价	市价	9万	已经有人交了定金，租赁合同为年签	
玉林北街14号	临街店铺	90	位于玉林路成熟商圈中，周边是众多时尚服装店以及偶尔可见的火锅店。	13000	市价	市价	市价	15万	该店铺原为面包房，地板、墙壁等都可继续使用，若租用，店面整体装修投入相对较少。	

有些时候，不对比不知道，一对比就更明显吧？

这里要提醒的是（这点我都做得不够好，后来才发现是问题），对于各个店铺人流量的计算，不能够只听房东或者邻居如何介绍，这里是少不了要麻烦自己的：带上时间和计数器，在附近蹲点，计算人数。不同的时间段，周末非周末的区别，都要尽在掌握。别被吓着了，不需要你天天像私家侦探或者狗仔队一样戴着帽子墨镜在电线杆后蹲点，一个地方的真实人流量，连续观察几天就有数了。

当然你也可以在观察基础之上听听房东的说法，或者凭借观察去"去伪存真"——有些房东，为了把铺子尽快以尽可能高的价格转出去，会告诉有意向的你，这里人流如何多、生意如何好做，甚至在你约好看铺子的时间约一群朋友过来伪装消费者制造原有客源很多的假象……有调查才有发言权哦！

相信看了你自己的可租用店铺分析比对表之后，选择哪一家店，你就已经很有数了吧？跟房东谈之前，记得礼貌地邀请他或她出示房屋所有证件，你懂的，被二房东骗走几个月房租的事情时有发生，我们只是要自己多加小心。

根据现在约定俗成的一些租约，在拟定合同的时候，你需要交的是押金（通常为一个月房租或者接近的整数）、三个月的房租（个别房东可能会要求年付或者半年付，不过你要能谈成季度付款就代表你手头可以掌握的灵活资金更多），合同中要约定的除了租期（比如以该价格签三年，房东在三年内不能随意涨房租，但同时也意味着你即便经营一年经营失败，也需要找人来续租另外两年或者跟房东协商解决）、房租交纳方式及时间外，还要运用你的三寸不烂之舌尽量延长"免租装修期"（如果房屋需要再装修，通常房东都会留三到七天的免租装修期）。

合同签订，钥匙到手，你才真正踏上搭建梦想小馆儿之路。亲爱的，这时候，我们才开始玩儿真的！

Par-Tea Girl

To:
门幸福 &
龙龙姐姐

硬装修　我是一个粉刷匠

Hard decoration,
I am a painter.

好，接下来进入硬装修环节。搬过家跟装修打过交道的人都知道，这绝对是个耗时耗神耗钱耗体力的活儿，先打个预防针做好心理准备吧。

现在翻回到前面你"细节描述"的章节，看看你最初的设想，再比对一下你已经租下来的房屋，如果你租下的地方跟设想的一模一样，那么恭喜你，实在是太幸运了！如果有那么些不一样，需要做装修调整，那么我来告诉你，这是大多数人会遇到的情况，太正常不过了，我们需要做的，只是在原来的一稿上做些调整，让它更符合现在的地段和空间。如果想不到更好的方案，也千万别难为自己，因为所谓硬装修，是指要大动的部分，需要外面的人来协助，所以，不要着急，知道自己想要什么样的效果，就一定会有办法。

硬装修，分为私人承包和公司承办两种。前者适合不需要太大改变、不怕麻烦且有时间有人帮忙盯装修进度的朋友们，公司承包则适合需要做设计、投入稍大、需要有质保服务的朋友们。我是典型的巨蟹座，所以建议你选择第二种，因为亲爱的你可能不是装修专家，有合同及质保服务会为以后省掉一些麻烦，多花一点钱，在这个时候，是值得的。

如何选择一家装修公司呢？

HERE
COMES
MY
STORY

在花了将近一个月各种跑断腿地看房子之后,合江亭是我觉得成都最幸福的地方,说不出来为什么,只是到达这里就会有喜悦从心底溢出,所以我的幸福小馆儿,要离这里不远。沿着江边一路游荡,跟一环路交界的地方,有条小街,叫红瓦寺,一楼满满的各类餐厅饭店,二楼有家店有大大的露台,还临街,更重要的是贴着"店铺转让"的信息,之前所有辛苦的寻觅在这一刻突然有了意义,那个时候就一个感觉:就是这里了。

房东人很好,因为是退休职工有好几处商铺,所以她不是"斤斤计较"的那一类型,合同很快就签好了,拿到钥匙,拿到一周的免租装修期。面对每月每平方近 100 元的房租,一天不营业,一天就在往里贴钱,于是,我画了小的项目逻辑框架来帮助我更好地进行装修的时间管理。我需要做的就是如下几步:

发布需要装修的信息。拿到钥匙当晚,我就上网发布了我的任务:商铺一间、××平方米左右,需要简单装修,求诚意装修公司合作,如有意,请速联系。

大致估价。我很幸运,干爹刚好是业内人士,尽管公司不在成都,但根据我的描述和大致材质需求,帮我估算了成本价格约 120 元/平方米,及装修公司靠谱的报价,约 180 元/平方米。

接电话,约各个装修公司现场实地勘察,根据我想实现的效果给出设计图及报价。信息发布后的第二天早上八点半,就有装修公司联系我约时间看房,截至中午 12 点,

二三十岁，开间幸福小店

我约好了 5 家装修公司（半小时一家）到店里。一是他们回去画图纸需要时间，我的时间等不起只能尽快。二是几家装修公司轮番来，如果能前后碰见，就知道这是一场竞争，可能能帮我避免一些无谓的沟通。跟有意向的装修公司现场交流。这是最好玩的一个环节，让我跟你分享一下那段有意思的经历吧。第一家，来了两个小伙子，分别是设计师和业务员，交流完了之后没有任何建议，拿着卷尺像模像样地开始量尺寸，然后设计师拿出 A4 纸现场开始画草图，业务员坐在一旁拿着计算器开始算预算，报给我一个 150 元 / 平方米的报价；第二家，就来了一个穿风衣拿皮包的大哥，看见前面两人在忙活，丢下一句："专业的应该一看就知道尺寸了，哪里还需要量，你给我 QQ 号，稍后传图纸和预算给你。"第三家，也是两个小伙子，听完我的想法之后，

设计师想了一下，提了一些他的想法，对我的部分介绍做了再一次确认，在业务员帮助下开始测量尺寸，说稍后回去画了草图和预算报给我。第四家，两个女孩，设计师说话很潮流，动辄地中海风情、欧洲田园风情，业务员也很亲和可爱，交流很顺利，我当时也觉得她们是最能明白我想要什么效果的装修公司，同样留一晚时间给她们做草图和预算。约好的第五家，却始终没有出现。

　　看草图，看报价，初筛装修公司。第一家的草图已经现场展示了，报价 150 元 / 平方米；第二家那个标榜"专业"的人没了踪迹；第三家的草图第二天一早就传过来了，除了平面图之外，对细节部分还附有图片表现风格，报价在 200 元 / 平方米；第四家

的草图中午传过来了,除了平面图之外,还附了视觉效果图, 报价 600 元 / 平方米。最接近靠谱报价的是第一家和第三家,只是第一家的不专业让人没有办法信任,可以直接忽略不计。剩下的两家,第四家效果图虽好,但实在超出预算太多,让人陷入十分渴望却又不得不捂紧荷包的矛盾中。倒是第三家,并不滑头的设计师和业务员以及靠谱的报价给我留下了很好的印象。

确定装修公司。初筛后还剩下的装修公司,就需要上门拜访一下了。其一,观察装修公司实力,避免被皮包公司欺骗;第二, 进一步跟设计师沟通,确定设计方案、材料及具体价格。先去的第四家装修公司,正规公司,经典案例,还有我的梦想咖啡馆儿, 我被设计师说得心花怒放,差点就不管不顾直接接受超出预算的最终报价了。幸好,在最关键的时刻,理智战胜了冲动,我准备先去看看另一家装修公司,再做对比。第三家装修公司是施工队起家,办公室稍显偏远,但仍有不少放光彩的案例,去拜访的时候碰到一对新婚夫妇在跟另一位设计师谈装修细节,我的设计师再一次确定了草图跟我想法的差异后,介绍各种材质的优劣并做了推荐, 并根据我的倾向报出了最终报价(你可以选择由对方包工包料, 或者你包料他包工的方式,装修也是个鱼龙混杂的行业,如果你有朋友可以帮忙,那可以不怕费事地自己选择材料,但如果你跟我一样是个材料白痴,建议你听从设计师的介绍。正规的装修公司都会在办公室储存材料样品,从价格上可以区分为低、中、高三个不同的档次,设计师会告诉你哪一种合适你的需求,但亲爱的,你要认真记下这几种不同材质的产品名称及优劣,回去后通过上网或建材市场走一趟或者问业内朋友的方法了解到更多材质的详情,并且知道行内大致价格),在接受范围内。我笑了。

砍价,为梦想节约经费。因为前面已经知道所需材料的大致价格,所以材料方面就可以砍下部分。幸运的是,去"考察"的时候刚好碰上他们的经理在,闲聊间隙他过来问我为什么普通话说这么好,一看就很有能力反而选择开这么一家咖啡馆,我就开始介绍我做过的事情、我的梦想小馆儿,然后我很不要脸并且文雅地表达了我的想法:"我是有能力把这个小馆儿开好的,开好了可能就不是一家的问题了,另外我的客人们都是年轻人，都在成都，不是这一两年要买房装修的就是接下来一两年要考虑买房的，如果我们合作愉快，可是能起到免费的宣传效果的，你看我的装修费是不是可以打折一下？"然后，嘿嘿，费用控制在 160 元 / 平方米。

砍时间。装修公司通常会说自己很忙，在合同签订时会倾向于把装修时间延长，便于他们的员工可以周转于不同的装修现场之间。但时间流逝，你的金钱也就在流逝，我跟装修公司约定的时间，是两周，"看了黄历，两周后必须开张"。

（千万不要看到这里就去跟人家签合同了，后面还有我血和泪的教训 ~~~~ 请忍耐 5 秒。）

记得，在装修过程中，需要你把好如下几道关：沟通，一定要 doublecheck 你的想法被执行人员听明白了，或者跟你的设计师明确一套方案，并且在合同里注明长度、宽度、高度、样式、材质，以便验收。同时，在装修现场发现有不一致的时候，及时跟施工人员沟通，以免耽误时间。建筑材料，因为已经将品牌、型号、颜色标注在合同上了，所以在材料运过来的时候，一定要仔细查收。还有更重要的，就是一定要让装修公司给你出具个施工进度表，而且最好能够包含在合同中，这个东西实在是太重要了！

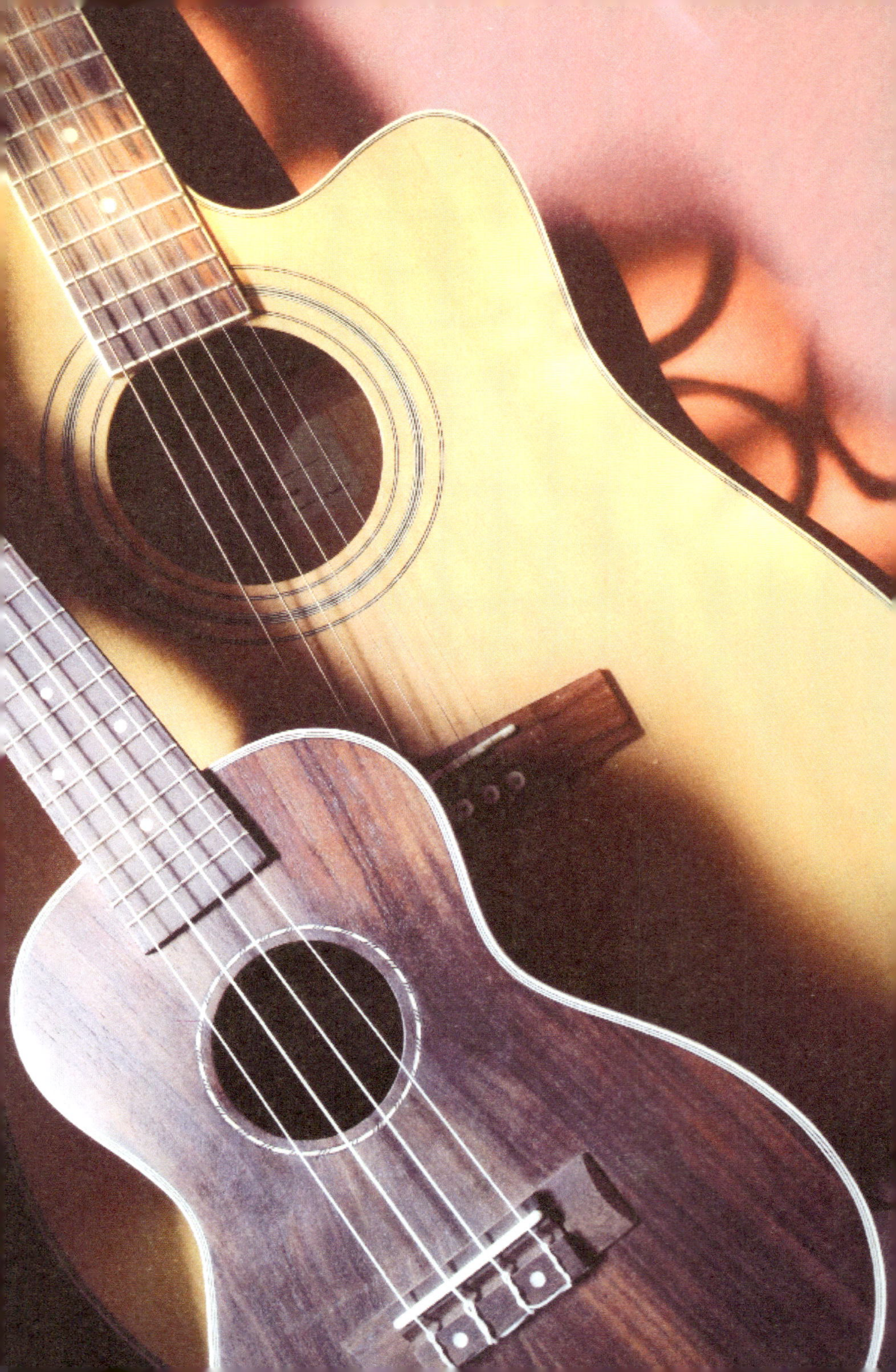

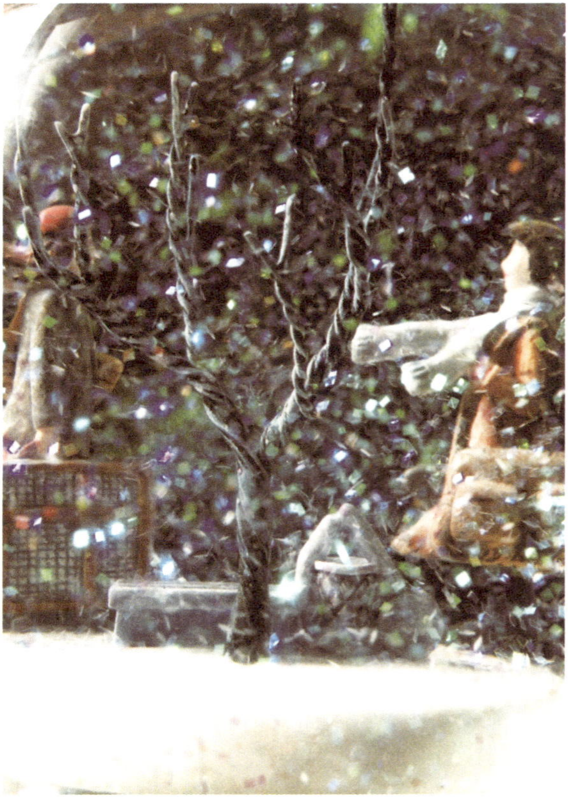

亲爱的，我签订合同的时候完全不知道施工进度这个东西，然后，你往下看吧。

施工团队第二天进驻施工场地，领队的是一位年轻的杨先生。杨先生看起来尽管比较成熟，但是掩不住的青涩在言语间显露出来，让人不禁担心，这个人，能行吗？大师傅和总经理的一再力荐，对装修这点事儿又完全不懂的我，只能走一步算一步了，看着他带装修队伍进店里，看着他底气不足地告诉我第一天先改水电线路，第二天砌吧台搭架子，第三天……当我第六天下午过来发现杨先生独自在店里和水泥，准备搭左边和右边的低台的时候，我就 HOLD 不住了——墙没刷、地板没铺、吧台清漆没刷、大理石吧台面没准备，牛仔门、木门、窗户之类都还没有丝毫动静，我买的家具电器之类几天之后都准备运过来，能不着急吗？当我问他还有多少东西没弄、他准备怎么安排后面的时间时，杨先生各种回答不上来之后，一向觉得斯文讲理办事的姐们彪悍地拿起电话给装修公司总经理和大师傅打电话了（自家装修房子的童鞋们可能觉得工期拖个一两天没啥，可是装修商铺的童鞋们就不一样了，多一天，就是一天房租水电加其他，真正的心在滴血啊～～～～～～）。

结果相当戏剧化——因为之前签合同，装修公司总经理对我放弃工作开咖啡馆儿的行为非常不理解，我将计就计说的那句"你真以为我的目标只是一家店"——总经理接到我的投诉电话，表示非常重视这件事情，当天晚上带着总经理夫人及大师傅、设计师等等来请吃饭。吃饭总少不了喝点小酒，尤其还是一顿带着歉意的饭。为了急速推进装修进度，姐们撕下淑女的外包装，拼了，开始借酒说事，几番推盏之后得到的结果是：更换项目经理，第二天新项目经理会给出书面有法律效力的装修进度表。

哦耶！

装修进度表在手，每天的工作就是傍晚时去检查。从对门老板最开始充满好奇的问"你们家要装修成什么样子,怎么这么些天了一点变化都没有",到后来他看见一天一变的巨大惊讶表情,我就知道,硬装修,搞定!

找到合作单位,拿好装修进度表,你就可以在督察装修质量及装修进度的同时,见缝插针地将下一节的内容融入其中了。

外观调整

室内新增

室内改造

装修公司

装修造价

装修进度表

软装修以及进货渠道

Soft decoration
and purchase channels

搞定了店铺及硬装修的部分,就要开始考虑"内在生命力"了。犹如城堡,花很多的时间建好了城堡外墙,需要花更多的时间装饰里面让它"活"起来。如果说硬装修是吸引人注意力的第一利器,那么,软装修就是让人感受店家温馨细腻及品位的法宝了。如同一个人,经过时间的洗礼之后,能让人印象深刻的很少是外貌的某种特征,而是内在性格的展现。

软装修可以分为如下几个部分:电器、硬件设施(沙发、书柜、置物架等)、小件(书、咖啡杯及其他)。从另一个侧面,这几个部分又需要从如下几个方面考虑:样式、数量、价格。考验你空间设计能力的时候到了!

还是那句话:很多时候不见得一开始我们的能力就有多强,最重要的是,先有想法,知道自己想要的是什么,然后找到合适的工具或途径,去得到或者创造那些你想要的。

从最初就一直在设计自己梦想小馆儿的亲爱的你,在硬装修环节想必就已经动了脑筋在小馆儿的内部空间设计上,哪里应该放一个柜子,哪里应该放一个隔板,需要冰箱、需要微波炉、需要咖啡机……现在要做的，是更加细化一点，看看需要什么，需要什么样的，需要多少。

想象的时候，难免才思枯竭，感觉疲惫的时候，就逛逛淘宝，逛逛当地的家具、装饰品市场，适当地让脑子放空，让眼睛看。这种状态下，我通常会选择宜家，不因为它东西贵或者便宜，也不因为它多么新潮，重要的是，里面风格各异的家具摆设会激发人很多灵感，说不定，你就突然眼前一亮了呢！

你懂的，有些东西，看到了，就知道应该是摆在哪里的东西。这里提供两个温馨提示给大家——

逛淘宝的时候，除了看产品的样式和价格以外，还要看店家所在城市，要询问运费价格，因为不同的城市，运费是不一样的，如果你要买些木制品或其他重量型的，不同数量，价格会差异很多。

当地的家具市场部分，就需要多方打听和现场调查了。别被经销商所报出的价格吓到，那是为了给你砍价创造机会，货比三家之后就会知道大致价格。可能的话，留意一下可以定做的地方，如果尺寸有差异，或者实在找不到你觉得合适的物品，还可以退一步自己定做（尽管可能造价不低）。

HERE COMES MY STORY

如前面的设想所言，我的梦想小馆儿要有很多书，需要书架；里面要堆放很多幸福宝贝，需要置物架；要坐得舒心，需要很舒服的沙发；要上网写东西很开心，需要合适的桌子；要让大家好好享受咖啡馆儿的吧台，需要轻便舒适的吧台凳；要有温暖阳光的感觉，需要大的小的绿色植物；这是一家特别的店，还需要一些很特别的别处找不到的大小摆件。

至于电器嘛，咖啡馆当然要有咖啡机，不是那种简易的，至少是双头的大咖啡机，配套的还要有冰箱、杯架、开水桶、消毒柜、空调。咖啡馆里优美的音乐很重要，所以要一台还不错的电脑，以及效果很好的音响。

画图来确定位置及数量吧，顺便查缺补漏——

二三十岁，开间幸福小店

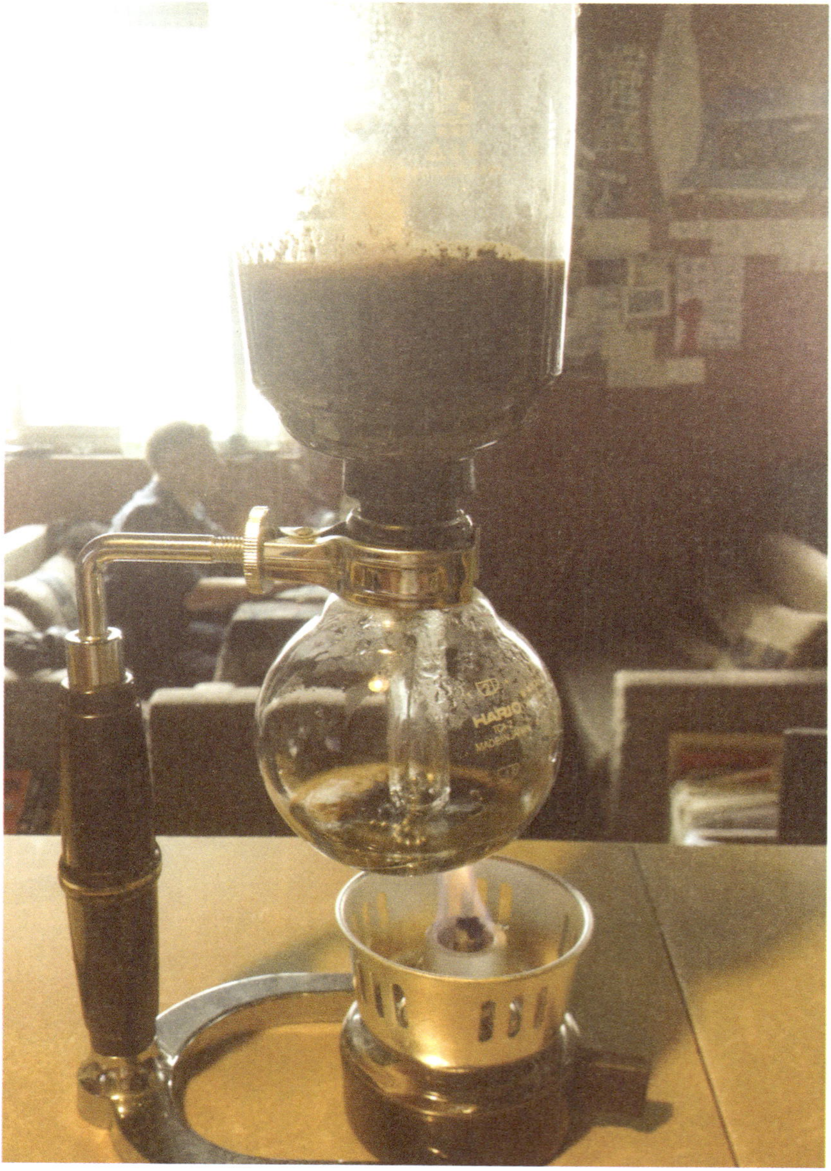
HARIO

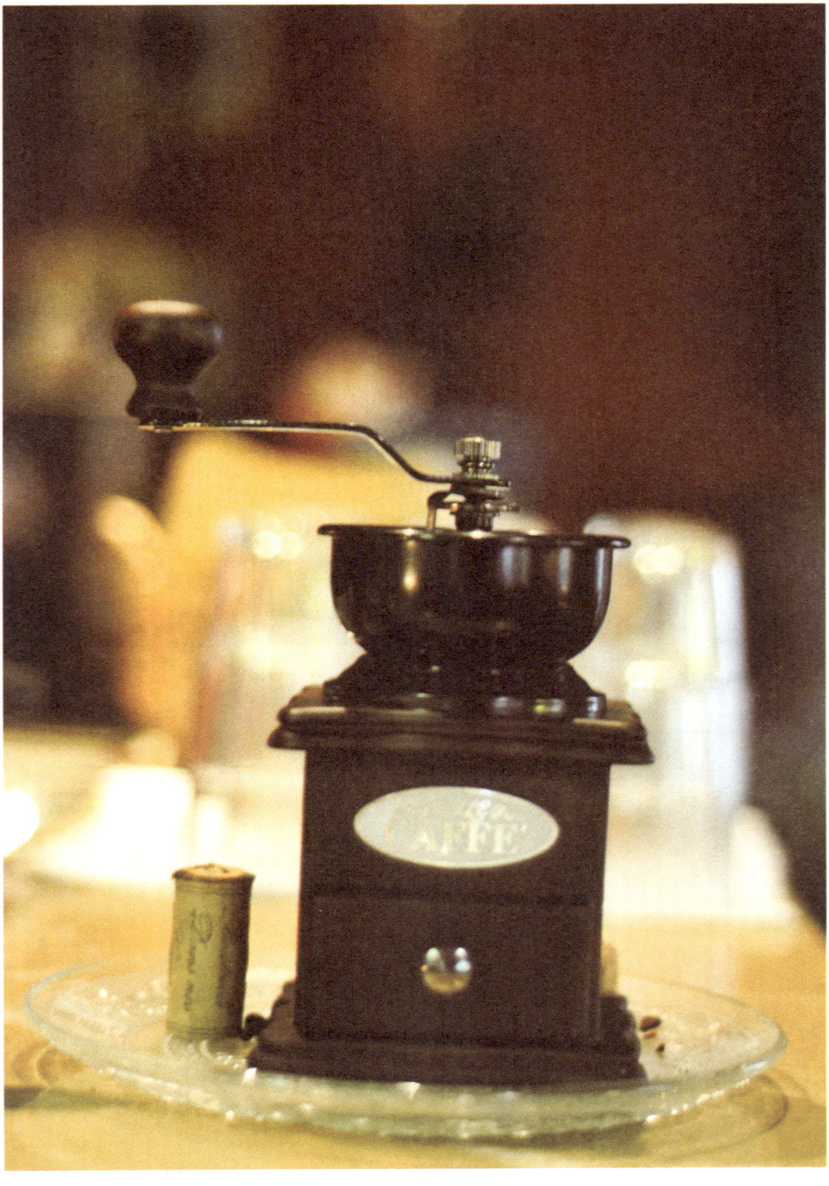
CAFFE

根据之前的财务预算，内部装修的总价为 39500 元，动手之前先解放思想，我的首站是宜家——知己知彼，百战不殆，我太清楚自己温馨家居无法自控的巨蟹座反应，所以临行前特别少带了现金，不带卡，拿好相机和小本，提醒自己是来逛的不是来买货的，开始记录各种想法。

W 形的搁板，特别又灵活，只是价格高，要 299 元；原木色鞋柜也挺好看的，里面也不一定要放鞋，放点文件，或者调味剂？高脚凳的价格不等，有 399 元的，299 元的，还有 99 元的；小方桌最近特价，原价 79 元现价只需要 39 元，很划算；这个木制花瓶需要自己拼接，拿来做笔篓应该效果不错；还有这个四层书架，造型很好看，799 元；均价 15 元的烛台、木偶人都可以作为装饰摆在各个桌上……每一件看上眼的东西，可以记录如下几个要素：款式（可简单画或者照片）、尺寸、颜色、货号、价格，以及其他可能用途。

款式	尺寸	颜色	货号	价格	可能用途

总体看来，宜家的东西价格还是偏高的。如果能找到差不多类似款式、价格稍低的各类产品，岂不是更好？

上网！淘宝看看有没有物美价廉的，更重要的是，查当地的各类家具市场在哪里。

亲爱的，别觉得这些需要资深的网络高手才可以完成，作为一个常被人洗刷是刚出土的古人的人，我也不了解网络，在这之前也几乎不使用淘宝等网购工具，但是，解决方法总是多过问题本身的，既然已经开始挑战自我了，还在乎这一点两点？

接下来，就是如何找到价格、质量合适的这些东西了。货比三家这个道理太好用了！

HERE
COMES
MY
STORY

先说淘宝，打开首页，输入你想要物品的名称（相关联的都可以搜索一下），搜索引擎会帮你罗列出一堆东西，从样式到价格到产地，统统不一。选到了想要的物品，可以输入同一个名称，让搜索引擎单独为你列一个单子，关于这一件产品，很轻松就可以知道价格差异了。阿里旺旺这个沟通软件必不可少，看过页面上的介绍，再跟店主聊一聊价格是否可以优惠，聊一聊从始发地到你那里的邮费价格，交流内容重点不必放在物品质量上，想想看，哪个王婆会不说自己的瓜好？

因为要在店里摆放幸福宝贝，所以需要数量较大且形状不死板的置物架，尤其不能给人厚重和呆板的感觉。搜索栏出来的一系列产品中，有种木制书架，有 9 格、12 格、25 格等不同形状，大喜！后来一问运费，直接傻眼——在北京生活得太久，这个时候终于发现原来总说的"四川偏远"是什么意思，运费比其他地方贵好多！如果我买总价近一千元的木架，运费就需要两百多，先不着急下订单，看看当地有没有卖的再说。

各地都有一些家具或者二手家具市场，即使你想要打造家一般的温馨，也请忽略掉卖场布置吧，因为普遍价格都会比较贵，前面提到了，梦想小馆儿需要钱，可不是有钱了就能砸出一个梦想小馆儿的。除去宜家，成都还有几个家具市场：八一家具城、罗锅巷家装一条街、二仙桥家具市场。带着小本和卷尺晃荡去啦。

"买家具，到八一"，这是很多成都人都耳熟能详的一句广告语。占地面积巨大的家具城果真种类丰富，看得让人眼花缭乱，更好的是，根据不同的用途及档次，已经清楚分成了几个大区，并不会浪费时间瞎逛。由于是很多厂家直接在这里设点销售，价格也不离谱，在可以承受的范围内。桌子，高脚凳，沙发……多看几家，砍砍价，大致的平均价格就心里有数了，再聊一下送货的问题，是免费配送还是需要付费，大约什么时间可以送到，如果在一楼以上，是否会帮忙搬运等。通常，大的家具城，卖和送是两个环节，零售商卖给你，再将出货单交由送货部，统一配送，所以你方便收货的时间、地点、联系人及电话要明确地标注在送货单上，可能的话，留卖家和配送部电话各一，以免出差错。

如果你跟我一样，在资金投入上锱铢必较，那就先去晃荡吧，这个时候是比对之后的后下手为强。

同较大规模的家具城相比，分布在城市各个角落的家具市场也有着自己的优势：价格相对较低，可根据你的设计意图或尺寸做出你要的商品。同样，如果你不是自己开车去拿东西，就要记得询问送货的问题。

这里可以偷点懒了——散落的家具市场通常产品的造型和价格差异都不大，你只需要找一家离你那里比较近的货比三家提出要求就可以了。

对比之前你的室内规划，买下需要的各类硬件，确定收货的时间，搞定！

跟店里的软装修相关的，甚至更为重要的，是与产品相关的一系列机器设备、配件、原料、用具的购买。如果你本人不是对某个行业特别了解，建议你不要一件一件去拼凑你以为的设备箱，可以尝试依靠跟以咖啡、烘焙等工具及产品的商贸公司进行合作。如何找到这样的单位？各种搜索引擎、当地器具原料市场都可以去逛逛——还是那句话，先大致做下价格及相关知识了解（比如，咖啡店用单头咖啡机比较好还是双头的，国产和进口的差别在哪里等），清楚自己这部分的预算，才好通过跟人的沟通去确定是否要合作，这样在讨论过程中不会完全被对方牵着鼻子走，以致一再修改自己的预算，或是选择了价高却不一定适合的产品。

一 你的梦想小馆儿需要怎样的电器设备呢？

如果也是休闲型场所，空调、电视机、电烤箱、微波炉等就不用说了，国美、苏宁、大中，专卖店里去比对品牌、价格、售后服务就好了，如果时间不是特别紧凑又刚好临近折扣季，可以等到这些卖场做活动的时候一起购买，省心又省钱。电脑、音响、各类视频线、插线板，电脑城；各类灯具，灯饰城……

那其余的专业设备呢？就看你想要卖些什么了。

相信在你最初的设想里，有美妙的音乐，有蛋糕的香味，有随处可以摸到的书，有浓浓的咖啡香，夏天还有冰爽的饮料，或是让人无限遐想的美酒。亲爱的，列个单子出来吧，你想要这里有什么。

写的时候，别有太大压力，这只是个初稿，稍后会有相对专业的人士跟你一起调整，确定你的菜单。你只需要在想的时候好好观察周围的其他店面情况，在你想要制作的产品和大家更容易接受的产品中间找个平衡点。

知道了要准备怎样的产品，制作出这些产品的设备就可以倒推出来了。这个时候，你就需要相对专业的意见了，那家你挑选出来的商贸公司合作伙伴就派上用场了。他们会告诉你，这个需要什么，那个需要什么，在这些设备的基础之上你还可以制作什么，还有什么是你可能没有考虑到的。菜单、大小设备，基本雏形已现。

现在你知道，是否选择跟这家公司合作的过程不能马虎了吧。因为这个合作不是一次性，咖啡机、烤箱、烘焙等器具一次性投入都很大，还要考虑后续的保养、升级等问题，所以一家公司的信用及服务质量很重要。即便你在习惯找熟人的二三线城市，也不要轻易相信熟人的推荐，即便是朋友介绍，也不可对这家公司的甄选放松警惕，否则，你会经历我的痛苦经历。

HERE
COMES
MY
STORY

一 一家咖啡馆儿应该有什么？ 当然是咖啡！

不是超级高端的咖啡馆儿，所以有普通常见的咖啡就好了， 咖啡机必须要有，要看起来相对专业的，还有相应的磨豆机、咖啡杯等等；店面只有不到 50 平方米，要开设一个封闭的厨房， 不现实，况且楼下到处都是吃饭的地方，也没有卖西餐和简餐的必要，厨房的相关设备，需要一个冰箱；上班的我和大家，偶尔要热个饭、热点汤什么的，需要个微波炉；夏天和冬天温度需要调节，还需要一个空调。还有，店里各个位置需要灯，别致的灯。

从比较简单的着手吧。

空调，根据这个空间和位置，要么安两个挂式 1.5P 的空调， 要么安一个大 3P 的柜式空调，比对了很多家的价格，也跟销售人员聊了一下我的需求，最终决定选择格力一款大 3P 的柜式空调，全场凉快下来只要十几分钟，国美刚好搞活动，四千元上下， 送货上门，免费安装。

微波炉，卖场里的相对价格较高，仅仅是热饭，一般的就可以了，淘宝，下单。

买灯具，当然要去著名的九眼桥灯具市场（相信各地都会有这样专门卖灯的地方）。为了节约时间，同时避免因为我严重的散光症在灯具市场里崩溃，选择适合的灯具的方法有两种：根据路线图指示依次逛店，大致一眼你就心里有数这家店的产品是否是你需要的风格，确定了店面之后进去精挑细选，统一还价。如果店里有吧台，就要选射灯，我个人不喜欢呆板的东西，所以没有选择有轨道的射灯，反而用了最简单的吸顶软管射灯，可以变换方向。

接下来，就是最复杂的原料及设备部分了。（我会努力控制自己不让这一段成为吐槽历史，只是让我的教训成为你们的经验。）

网上找了部分咖啡用品商贸公司，不知道如何辨别好坏，刚好朋友说他家附近有一家咖啡文化公司，跟老板聊过天的，感觉还比较靠谱，于是我拨通了电话，约了面谈。尽管是熟人介绍，我还是带了一个比我懂咖啡的朋友Yoyo一起，防忽悠。

两居室改成的办公室里放着不同种类的咖啡机、磨豆机、杯子、咖啡豆等等，姓吴的先生拿着名片进行了自我介绍，还有公司介绍，紧接着是问我们的情况，是否开过咖啡店，店铺位置、面积、菜单等。其间解答了我些许对陈列设备的疑问，以及不同咖啡机及相关配置的问题。杂七杂八聊了一个多小时，吴先生还从以下几点赢得了我的信任：

思维清晰，表达清楚；

从消费者角度考虑问题：第一次开店时没有经验，前期投入不要太大，选东西要选合适的，不要选最贵的；

菜单里只有咖啡是挺好，突出了咖啡馆的概念，但如果有些人对咖啡因过敏呢，还是需要准备一些不含咖啡因的饮料，咖啡也要有冷热之分，适应季节需要；

一杯喝的坐几个小时，坐着也饿，也没有额外的收入，最好能够准备点简单的小吃，不用太复杂，爆米花、小糕点就可以了；

学煮咖啡跟其他东西一样，说难也难，说简单也简单，还是看个人的悟性和用心程度，有学了很久还是很糟糕的，也有学了不久就做得不错的，所以不要有太大压力，用心就好了。如果你有时间，买了咖啡机之后也可以到这里来免费学习咖啡机的使用。

装咖啡机的时候，需要查看电和水，因为需要单独的水的接口，咖啡机要自动抽水，另外，咖啡机的电需要接地线，电路改造的时候一定要确保安装正确，否则机器用不了会烧，店里其他线路也会受损。如果可以的话，水电工工作改电路水路那天，我能到现场看看吗？

没错，从我的角度，觉得这六点都合情合理，并且如他所言："既然都是熟人介绍的，我们就不绕弯了，我们也希望能够帮年轻人实现梦想。"我听了他的建议，订了一台国产的半自动双头咖啡机（通常都会送净水器、磨豆机），咖啡豆，榨汁机，各类杯子、碟子、盘子和相关原料。杂七杂八的，三万多块就没有了。

倒是如吴先生所言，水电工安装那天，他和工人帮忙一起给安好咖啡机，首批原料都在规定时间内送到店里，只是后来，悲剧就接二连三地发生了——安装咖啡机的时候，现场水电工、装修经理都在，吴先生说拆了之后比较好抱机器上二楼，所以我看到的是机器，而非亲见是崭新的咖啡机。

装上之后有个腿貌似不太直，吴先生说是配件型号拿错了的问题，第二天过来换了；给了张单子让我填写，说是一年内咖啡机免费维修，年末有一次免费清洗，简单交代了咖啡机的使用注意事项。然后每隔两三个月，咖啡机总要出点小问题，比如，其中一个冲泡口不出水，比如小漏水一下，比如，电子控制器偶尔失灵——有段时间老客人都在说，你们家咖啡机又坏了？

学过专业咖啡机维修的吴先生的太太常常找不到问题出在哪里，跑个两三趟才能修好；

原料的送货问题，常常会往后拖延，一天，两天，甚至三天，很耽误事，还会有同一种商品送货单上价格不一致的情况出现……
以至于咖啡机还没有用到一年，就出了他们都维修不好的问题，吴先生各种说辞，是使用不当的问题，可我明明就是照着他给介绍的使用说明在操作，我们一度差点闹到要用法律手段解决这个消费者遇到的问题。那段时间，谁在店里都别跟我提咖啡机，除了买了电磁炉和摩卡壶备用，我都已经不知道怎么解决了。幸好阴错阳差遇到四川省咖啡加工技术协会的秘书长汪凯先生，才发现这不能使用的咖啡机只是一个小零件出了问题，修好后服役至今。

后来也跟 Yoyo 交流过，我犯了生意人的一个大忌：轻易相信别人。在生意这件事情上，最初要对合作伙伴慎重选择，不能停止观察，说得好不好不重要，重要的是做得好不好。另外，要给自己留后路，如果这家在合作上出了问题，还有其他家可以选择，以不耽误生意为主。

说到这里，顺便提一下，不同的咖啡贸易公司由于进货渠道的不一样，产品的种类、品牌、价格都略有不同，熟悉了各家情况之后，你可以有不同的选择。比如现在：牛奶、果露等我会找一家公司；果茶、红茶等我会找另一家公司；咖啡机的定期保养及维修又是另一家公司，用各家之所长。

至于可能会用到的小摆设，去荷花池晃荡一下，就可以收获大包小包了。外地的朋友们，可以事前查询一下本城市小商品最集中的地方是哪里，直接去采购就可以了。

挣扎着写完这段心酸纠结的历史，我突然发现，也许这些悲催的经历，只是为了现在这一刻，我能将这些弯路告诉你，让你绕过。也许我还没有找到一条更好的路去寻求踏实放心的合作，但起码上面提到的点，我可以提醒你注意，不是吗？

至于摆在店里的那些特色装饰，杂七杂八买起来也很麻烦，这里我就盗用了《第36 个故事》里面的方法——发邮件给大家：你们就不要送我开店礼物了，直接把你们的幸福宝贝邮寄过来就好了！

二三十岁，开间幸福小店

亲爱的朋友：

近来如何，一切都还顺利吧？

想到又是周末，是不是心里很爽啊？周末啥安排？

呵呵，生命在于折腾，时间也真是飞速穿梭，一眨眼，我离开北京晃神儿已经快三个月了。休息了，调整了之后的我，下一步准备在成都建窝啦，你知道的，我一直以来就想开家小店，给各地朋友在美丽的城市建一个可以舒心休息的窝，过过自己派的悠闲生活。

现在老天垂青，梦想开始起航，小店选址于成都红瓦寺（川大旁边）， 将于圣诞节前开张营业，吼吼：）我终于可以有点底气带着笑脸地说一句：来吧，成都欢迎你。

一 | 小店主题：幸福

特色有三

  1. 幸福宝贝（名词解释：幸福宝贝是指对你而言过去、现在、将来承载你对幸福的定义、记录、回忆的物品，或者是你拥有了但长期闲置在家未用可以给别人带来使用幸福的物品）每件幸福宝贝配说明书一份，可换不可买，非衣帽鞋裤。你懂的，幸福可以交换，不可以买卖。

  2. 幸福分享，每周店内有分享时间，你可以把你的绝活、特长、爱好、你了解的知识跟其他幸福的朋友分享。你懂的，幸福要像向日葵一样，拥有积极阳光和主动的心态。

  3. 幸福阅读，店内有幸福图书若干，鼓励分享阅读感受，仅提供店内阅读和借阅，不卖。你懂的，幸福可以传递，不可以买卖。

  其他的特色，就等你来了自己感受吧，呵呵。

  接下来就是龙龙向你发布的幸福征集令了——

  各位兄弟姐妹，搜罗一下自己的回忆和家里，如果有如上所说的幸福宝贝，麻烦写个简单的介绍或它的故事，邮寄到如下地址：

  四川省成都市一环路红瓦寺街共和路 5 号 214 龙龙 电话 135 XXXX XXXX。作为回报，你将获得免费品尝店内特制的招牌咖啡，免费介绍成都旅游文化风土人情，还有发生在幸福小馆的一箩筐故事。

  大家的成都据点当然要有大家的味道，开业礼物大家就不要破费准备了哈，我期待你的幸福宝贝：）

  如果你还有什么好建议，我就在这里，洗耳恭听哈~~~

  关于小店的一切进展，还有我的开店血泪史，敬请关注博客：http://blog.sina.com.cn/taozhiyaoyaolls

  好了，期待大家的消息。

  想念亲爱的大家，祝天天健康、开心：）

在成都仰望幸福的龙龙敬上

然后我就在装修现场，隔三岔五地收到朋友们邮寄来的幸福宝贝。现在想想，此举不单节约了部分装饰经费，更是一个正式并且真诚的途径，让大家知道我最近的动向，在用大家相信幸福的力量来一起打造这样一家店，每一次收到礼物，就多一份信心继续往下走。

你呢，身边有没有什么资源可以利用？

各类软装修的大件小件已经有了大致准备，来交流上面曾提到的时间问题：水电工处理店内水电的时候，需要配合咖啡机的使用规范；沙发、空调等大件物品进场也需要考虑装修进度。所以，在这里推荐一个项目管理的工具给大家——时间管理。顾名思义，就是一个更好地管理时间的工具，这一章的末尾，就用一个对你有用的时间表来收尾吧。

装修进度	第1天	第2天	第3天	第4天	第5天	第6天	第7天
	现场勘查	清理现场垃圾	砌吧台，搭榻榻米	等砖干，准备清漆	木工做牛仔门、窗户	木工做门，上吧台清漆	电路调整装墙体电调墙壁颜色

装修进度	第8天	第9天	第10天	第11天	第12天	第13天	第14天
	刷墙	等墙干	铺地板	吧台大理石台面安装	水电调整现场制作水路电路图	清理现场垃圾	

其余进场物品							
		沙发、桌子、置物架等进场		空调、咖啡机、原料及其他设备		小件摆设及物品	

装修进度	第15天	第16天	第17天	第18天	第19天	第20天	第21天

进场物料

知道了每一件物品需要进店的时间，侦察、确定等工作在什么时候进行，你已经心里有数了吧，加上运输时间，你就可以知道在哪一天之前你需要确定些什么东西。

时间表是项目管理中，控制项目进度的好工具。上面只是在装修布置店的这个环节的小时间表，聪明的你，相信可以将它举一反三应用到其他地方了。

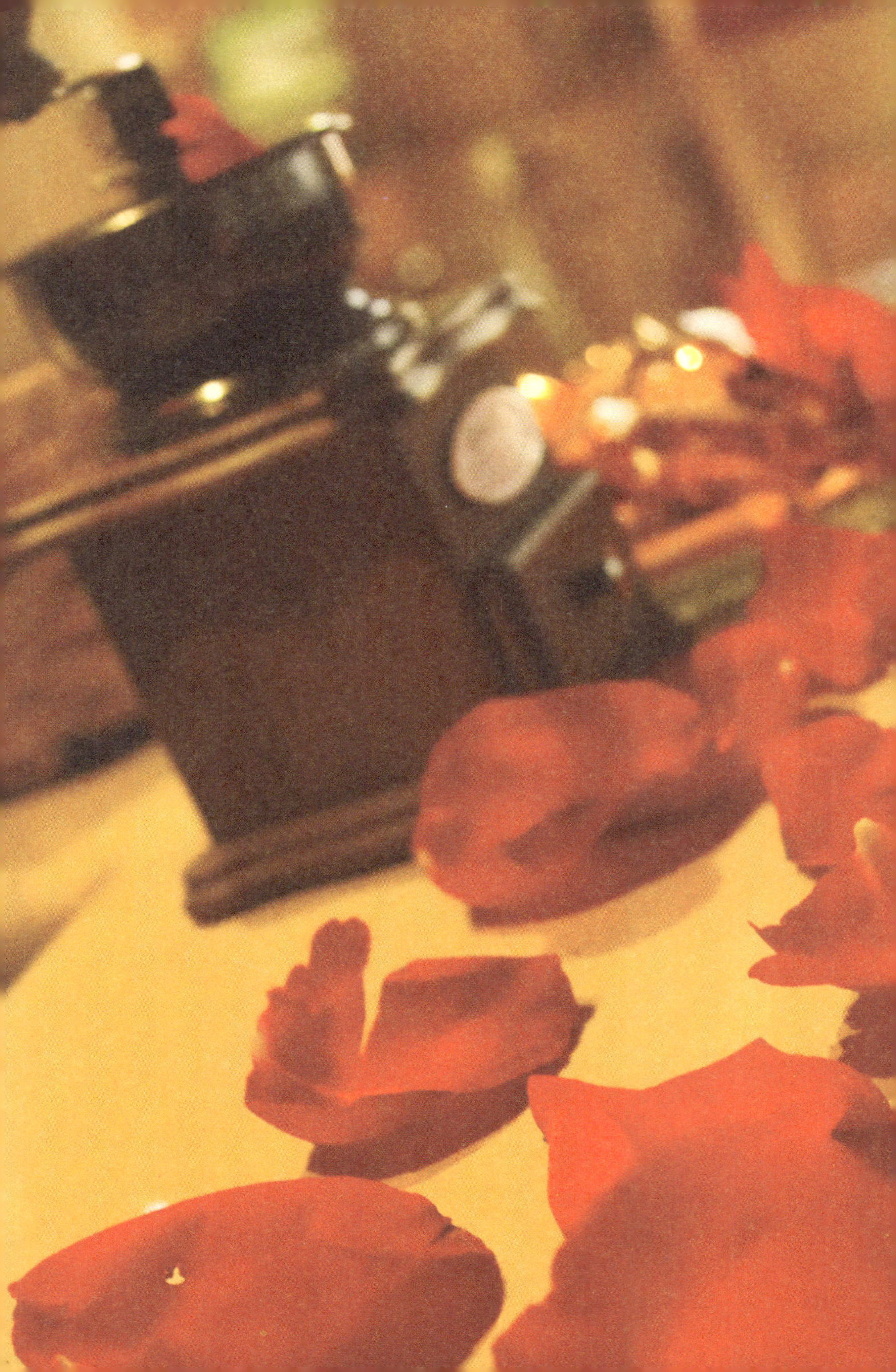

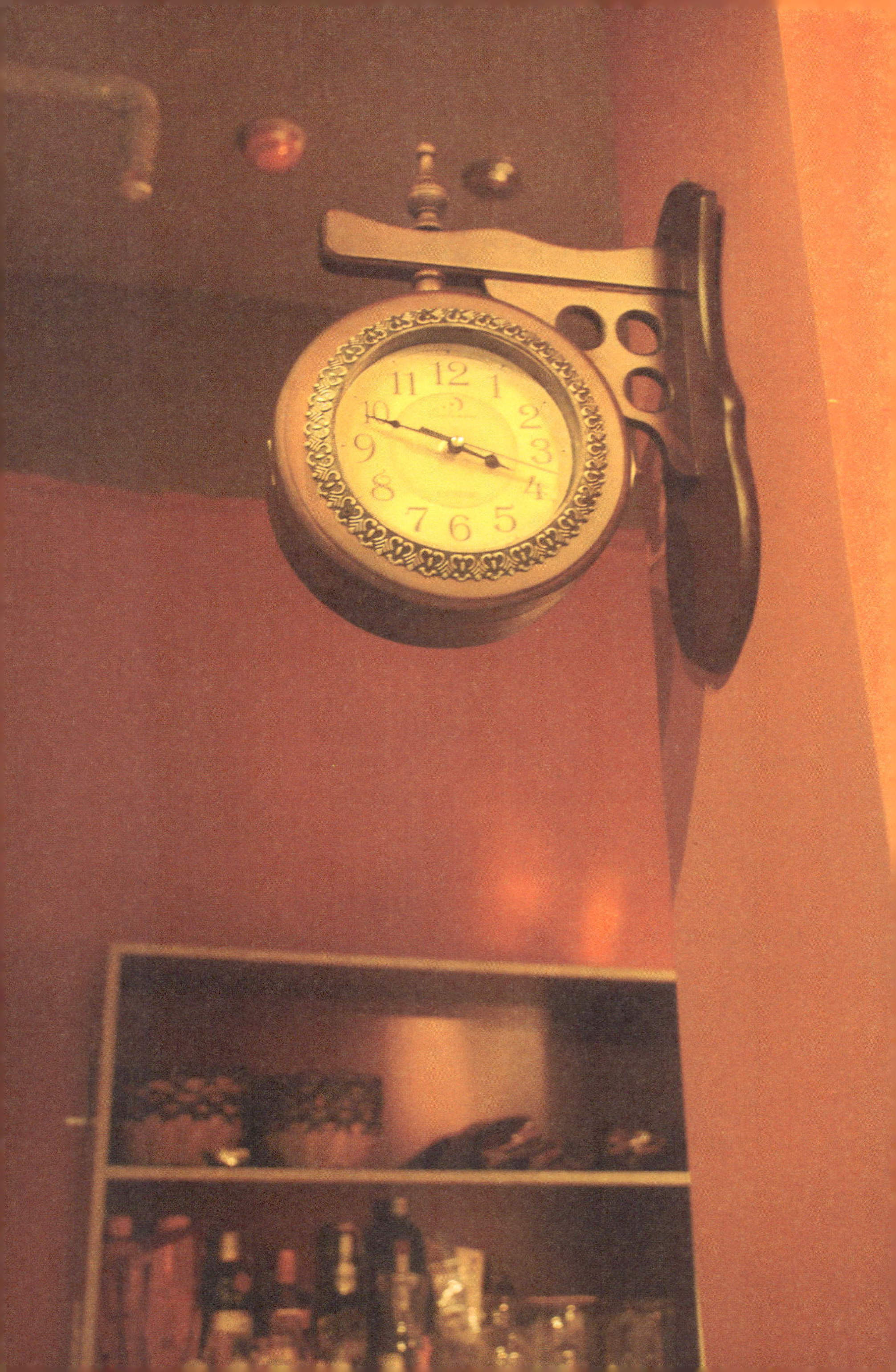

一　找到适当的合作者

先要说明的是，这里说到的合作者不是指之前的装修公司、咖啡公司、家具店老板这样的合作伙伴，而是说可以跟你一起建立或经营这家梦想小馆儿的合作者。

古人做事，讲求天时、地利、人和，将"人和"放在最后，是因为"人"是成事与否的关键因素。开梦想小馆儿也一样，尤其是对于之前没有任何生意经验或者从未独自扛起一件事的你来说。如果能有个人让自己信任，Ta 又愿意跟你分担这里的喜怒哀乐、任务、压力等等，是一件挺好的事，况且 Ta 可能带来的持久性和抗压能力的增加都会让你更从容开始自己的 N 个第一次。

不同的是，这个人，是你的合作者，可以偶尔依靠，却不能依赖，因为这是你要实现的梦想，就像我们在每一段关系中，都需要清楚你是谁，你为什么做这件事情，你需要为你做的每一个决定负责一样。打个有点煽情的比喻，Ta 是陪伴你的天使，关键还是看你。

那么，究竟怎样的人才是适合的合作者呢？对你言听计从的？Oh，No！

首先，是价值观的问题——这个人要和你有大致相同的对这家梦想小馆儿的经营理念。世界上没有完全相同的两片树叶，更没有完全相同的两个人，如果你想要把这家店做成很梦想、感觉很温馨的小店，而你的合作者希望这家店能尽快盈利，会发生怎样的不快大家就都可以想象了。

很多人都觉得价值观是个相当抽象的概念，并不实际，也许重要，却不至于放在最重要的位置吧。举个很简单的例子，你和合作者去挑沙发，Ta 选了简单略硬却不浪费空间的卡座沙发，你选了体积较大却松软舒适的沙发，表面看是两个人选择了不同的沙发，实际上，是一个人从载客量的角度考虑问题，一个人从舒适度的角度考虑问题，这就是价值观的差异了。

所以，跟谈恋爱一样，价值观要相近。

其次，这个人，要可以相互信任，可以相互包容，Ta 也愿意跟你一起开始新的尝试，愿意为之付出。有一个合作者存在，意味着你不用自己包揽大大小小所有事，很多没有头绪难下决定的事情也可以因为合作者的加入而变得容易起来。

需要的，就是相互信任，在有不同意见和动摇的时候，信任和包容。第三，这个人，要跟你有不同的优势。你懂的，有所长必有所短，没有人能做到面面俱到，不同的优势就可以很好地互补了，劣势也可以相互调节。如果你擅长做宣传推广，那这个合作者最好擅长于日常管理，诸如此类。另外，不同的优势往往背后有不同的性格特质，一家梦想小馆儿，无论是咖啡店还是面包坊，都是要吸引人上门消费交流的，不同的性格特质可以吸引到更多的人，是一个逐渐丰富的过程。

至于是否有足够的时间和精力同你一起分享承担，以什么样的方式同你合作，这都是后话了，以双方都愿意接受并且不反感为标准，确立协商方式及相互的职责就好。

还有个道理跟谈恋爱一样——很少有机会碰到一下子就合拍的合作者，都需要时间给彼此磨合。给彼此都多一些时间吧。

说到磨合，有一点你要很清楚：我们抱着美好的愿望希望对方跟自己一同开启这个梦想，一路也在努力挑战自己，经历酸甜苦辣，但如果在磨合的过程中，发现了合作者跟自己确实存在不可调和的差异，那就要果断"长痛不如短痛"，中止合作，以免将过多精力拿去内耗，减少了对梦想小馆儿的关注度以及坚持下去的信心。

也许，我们是因为友谊开始一段合作，但梦想路上同行，并不容易，千万不要为了合作而毁了一段友谊，不值得。

能够找到合适的合作者当然好，可万一找不到呢？

也不必过于焦虑和担心，这也是很正常的情况。这时候就要搬出那句老话了："故天将降大任于斯人也，必先苦其心志，劳其筋骨，饿其体肤，空乏其身，行拂乱其所为，所以动心忍性，曾益其所不能。"这是梦想对你的考验，你没有你想的那么坚强，可你也远没有你想的那么脆弱，一个人，不是不能启程，只是你会接受更多锻炼，你需要让自己有更大的能量和更多方法去做这件事——换个角度想想，如果你连这个都坚持下来了，将来还有什么能难倒你？

HERE COMES MY STORY

人与人的交往，究竟会有怎样的缘分，也许在最初就是可以确定的。有些人，即便交往数十年也仍旧在彼此的安全距离外，有些人，即便寥寥数句，就可以走进彼此心里。

刚回成都的那些个闲来无事的日子里，每天最大的喜悦就是在锦里晃荡，没办法，谁让我就是喜欢老房子，即便是专门仿造的老房子，也能求得一份闲适。锦里有一家叫"莲花府邸"的店，相传很有名，好些超女早些时候都在这里驻场——一向对这样的事情都不太感兴趣的我倒是被院子里那一弯小水塘吸引了，大小不一的石头散落其间，三五把藤椅……如果来这里，会感受到什么？来这里的人，身上又有怎样的故事？

反正每天都来，去兼职下吧，顺便了解一下服务流程，第二天一早，我就是莲花府邸的临时工了，开始试用！

穿着服务员的衣服站得笔直，一边背着饮品、价格、台位，一边在心底偷偷欢乐：在角落观察进进出出的每个人，还能从年轻的弟弟妹妹们那里听到这里的故事，然后从想要偷师的心态指引下逐渐拼凑这里的故事，这是种奇妙的感觉！

正开心着，一个年轻的"前辈"过来跟我说，那个叫 Yoyo 的吧员人不错，只是脾气比较怪，如果你觉得她跟你没有共同语言或者甩脸色给你看，那一定不是你的问题，因为她就是这个样子。每个人，都有自己愿意面对这个世界的方法面具，有些是微笑，有些是冷酷，有些是不屑，有些是愤怒。尽管，保护自己的最佳方式不是树立种种围栏将自己与现实隔开，而是走进它、了解它，但每个人，都有自己选择的权利。

午餐时，大家闲聊，我才知道这个不太爱搭理人的 Yoyo 是我的老乡。

"其实我很好奇，你怎么会到这里来上班的？"

试用第二天，Yoyo 在我端茶的间隙问了我这个问题。为什么我就不可以来这里上班？

后来，是她在那个相对悠闲的下午主动找我聊天，于是我知道了很多关于她的事情：她因为喜欢吧台的感觉，对吃的很有兴趣，毕业后直接去了专业学校学习调酒煮咖啡，好几年前就拿了国家二级调酒师资格证书，中途去哈尔滨待过一年，但因为喜欢成都，喜欢锦里，喜欢莲花府邸，又回来这里。她说的，不知道这样一成不变的生活是不是对的，但当时她总觉得应该有些改变，也许，是时候换一个新的环境，找一个新的起点，来点改变，也许。

三天的试用期过后，我选择离开，Yoyo 和我互留了电话，约了一起吃韩国拌饭、逛街。她会聊起跟家里的矛盾，她以前开过酒吧，跟朋友一起自驾游西藏。她失败过，成功过，颓唐过，如今她仍旧想要证明自己可以做想做的事。

我在闲聊间隙跟她说起开店的计划，她的建议是，开起来一家店看起来很烦杂，有千头万绪要处理，但实际上，能不能够开好一家店，重要的是这个店的理念、目标人群的吸引等等，要定期做活动，重要的是经营之道，至于店里的东西，不见得是最好喝的，但一定要有一定的水准。不会有人因为一家店的氛围就来一家店吃难吃的东西，喝难喝的东西。卖相好、味道好的东西大家都喜欢，喜欢之后才会来慢慢了解这是一家怎样的店。

几次三番这样诚恳的交流之后，我知道她不善于主动与人交流，有自己的想法和认识，大多数时候冷静多于感性，愿意接受新鲜事物，对自己想要去做的事情会认真负责，不喜欢变动，如果熟悉起来，她也会侃侃而谈，应该是典型的慢热。更重要的是，她熟悉饮品操作。

由于月亮星座是白羊的缘故，我有一半的白羊特质，想法和行动都比较快，但三分钟热度，常常头脑发热，却难以专注于一点，还有更糟糕的是，我完全不懂煮咖啡。如果说我需要一个合作者，尤其是一个互补型的合作者的话，Yoyo 是很好的选择。

巧的是，莲花府邸要停业装修，三个月到半年，员工停薪留职。两周后的某个夜里，我约了 Yoyo 吃宵夜，向她描述我的计划。

要开的店大约在什么位置，什么样的主题，主要客户群是谁，开店以后可以做一些怎样的活动等等。

在听我讲述的过程中，她的眼睛越睁越大，最后变成眼角的微笑："我说呢，你没事干吗去那里上班，原来是做调查。真有点不可思议。你确定要这么做吗？"

"如果我的回答是肯定的，我给自己的挑战时间是一年，一年之内扭亏为盈。如果你愿意，你也可以加入到这个计划中，你那边刚好停业有三个月到半年，你想要生活有点变化，这是一个可以证明自己的机会，可以考虑一下。"

很幸运，在开业前，我就找到了合作者。

一起忙装修、订货，当淘宝那些需要组装的置物架送到的时候，还有宜家那些大大小小的需要安装的桌椅，动手能力超级差的我直接傻眼，幸好，Yoyo 是个动手能力超级强的人，那堆我一点办法都没有的木条、塑料板和螺丝在我回来的时候就变成了架子、桌子和凳子，还有那些我都叫不出名字的原料，在她手里调配之后，就变成了造型美丽、味道不错的饮料——我是相当的佩服。渐渐地，我也开始煮咖啡、调饮料，开业四个月的时候我也可以像模像样地煮咖啡、调饮料，就咖啡的历史等等跟客人侃侃而谈。

虽然，在合作过程中，我们常常会有不同意见；虽然，在开业半年的时候 Yoyo 由于个人原因离开了店里，但这并不妨碍我们仍然是朋友，偶尔，她也会带着朋友来店里坐坐，聊聊最近的改变。

我一直很感激，如果没有她同我一起坚持的头半年，也许，现在大家就看不到这家店。所以在这里，给这位朋友送上深深的祝福，也随时欢迎她回来看看。

17 幸福 8

你对自己的优劣势分析:

你对潜在合作者的优劣势分析:

促成你们合作的基础是:

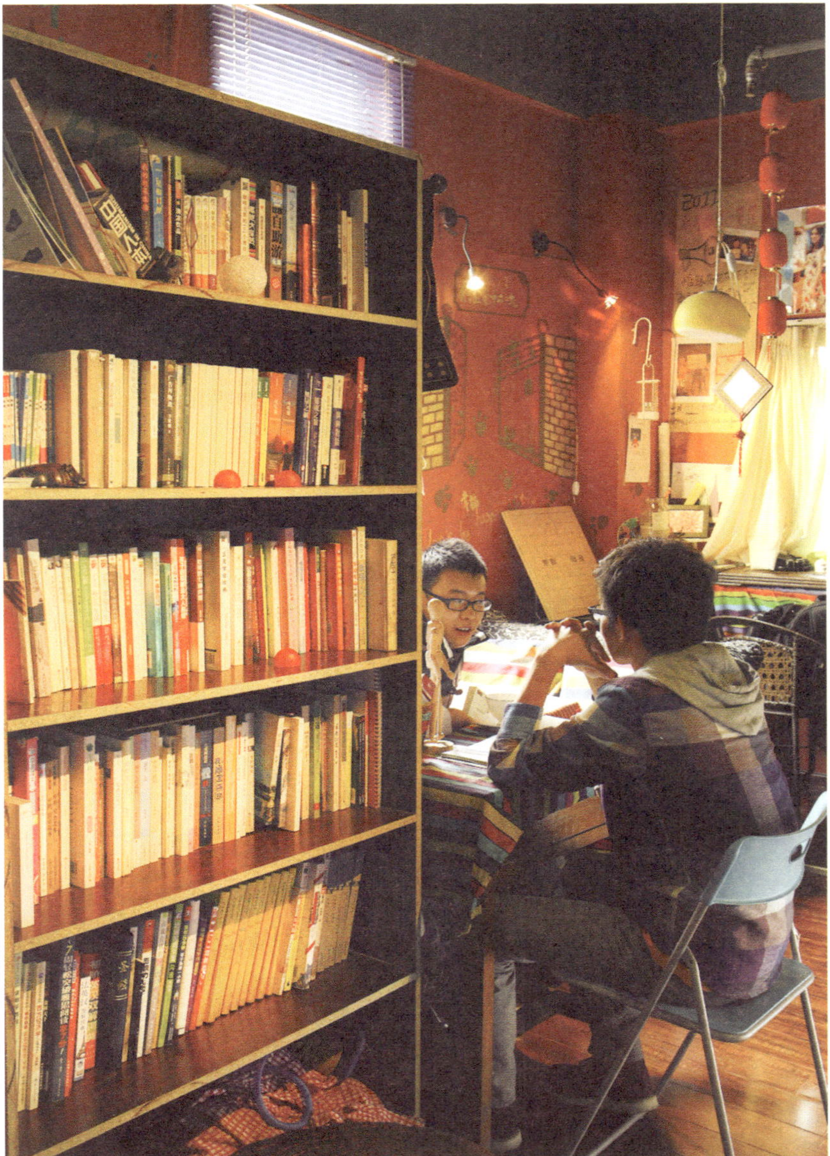

第四章

酒香也怕巷子深

很多人抵制做推销员，因为那些产品自己都不知道是否应该认可；另一些人固守着『酒香不怕巷子深』的观点，不好意思推销自己的产品，就像接受别人的表扬总有点不自然一样。

其实，每个人都是推销员，每次交流都是一个推销过程。只不过，你可能推销的是你的观点、想法，你的推销不以金钱为媒介。

如果你在推销小店的过程中加入对梦想的理解，你开店的原因，这家店的品牌故事，让人感到来到这里不仅仅是吃、喝、耶，那就是营销了。

快来我的咖啡馆儿吧

COME TO
MY CAFE

经过前面的准备,你终于拥有了一家属于你的店,那个浪漫的梦想看起来似乎已经实现了——千万不要掉以轻心,是的,亲爱的,它存在,可是你要想办法让它活起来。

怎么才是活起来呢?

有人来,有人往,有人喜欢你提供的产品和服务,有人自发帮你宣传你的店,遇见不一样的人,了解同一个人的不同侧面,小有盈利——这样,才算它是活了。

怎么做呢?

第一步,是让客人走进你的店。

分阶段来拆分这个问题,有两点,首先要让别人知道有这么一家店;其次,要给人制造想要进来一探究竟的感觉。

如何让别人知道有这么一家店呢？

规定范围内显著的招牌，是你可以用的第一点。现在很多城市都讲究城市化的统一包装，你可以设计一下招牌的字体、颜色、明显标识图形等等，让人一目了然。如果你的城市还没有进化到如此程度，那更得由你来创意发挥招牌悬挂方式、位置、颜色甚至门口摆设等，门脸功夫为的就是吸引眼球留下深刻的第一印象。

为了更加广而告之，你也可以专门为新店开张印制些小传单，在门口及附近人流量大的地方发一发，连续几天，弄点开业免费品尝或者低折扣活动来吸引顾客。当然，可以根据你本人在当地的资源，选定开张时间，来个名人光顾，制造一个别具新意的开幕式。

如何给人制造一探究竟的感觉呢？个人认为，这个时候就千万不能一目了然了，客户走到门口，可以看见大致风格和陈设，但不能一览无余，留点念想一定要他走进来才可以看得见。好吧，

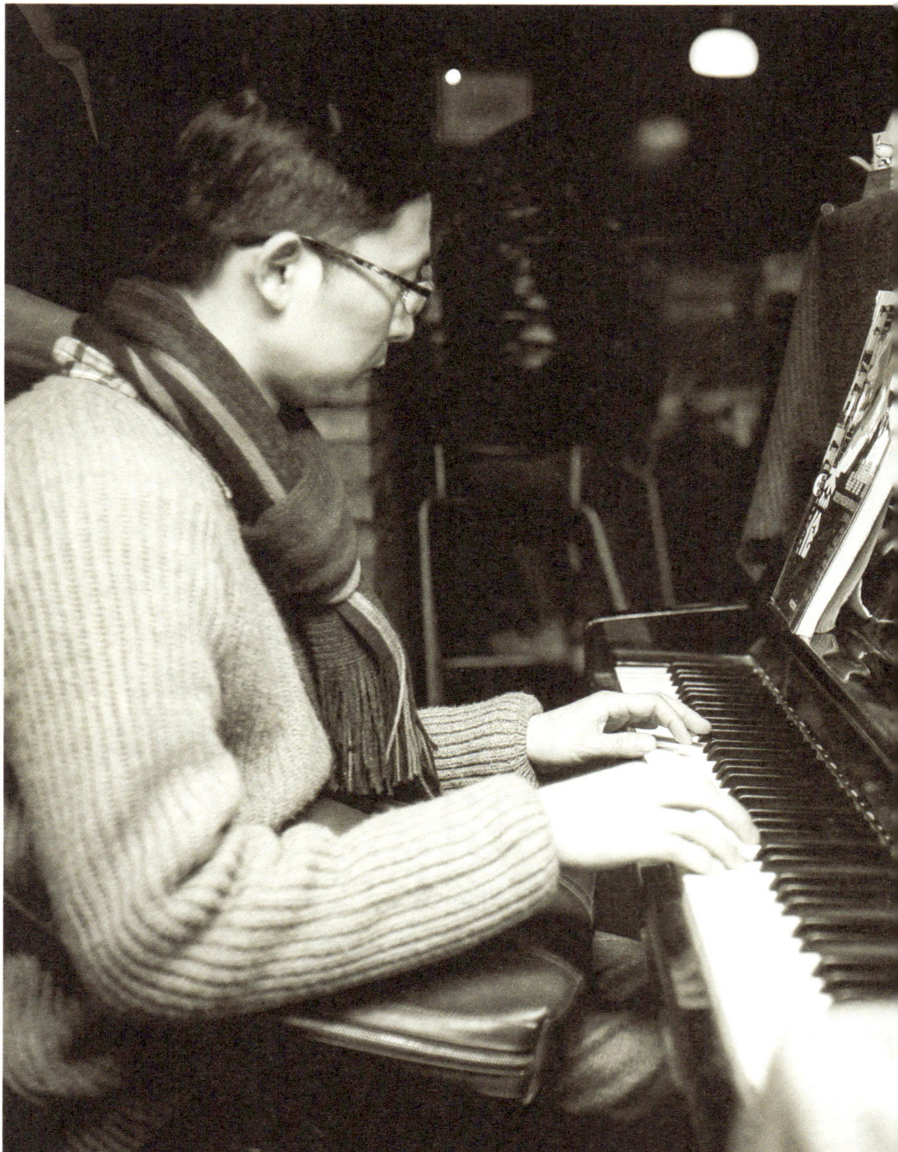

你可以用那个词来形容：诱惑，勾引。总之就是制造些神秘感，让他走进来。这并不是玄而又玄的解释，你可以用隔断、书架、空中悬吊物、错落有致的桌椅等来实现，甚至是，几盆大小不一的植物。

看到了一个富有吸引力的外墙，再加上难以从外面看透的店内感觉，加一道虚掩的门，还有阳光灿烂的微笑，你猜客户会怎样？

HERE
COMES
MY
STORY

　　由于"17 幸福 8"在二楼,并不显眼,所以在门庭设计的时候,我专门去定做了一个可以向外延伸的亮灯广告牌用电钻固定在墙上,白光蓝皮,相当显眼,本以为可以吸引无数眼球。而且确实,它带来了好些客人,可惜好景不长,城管们说了些安全隐患不符合市容市貌统一规划之类的话,就让我把亮灯广告牌取下来了。遇到城管的时候,就要多多听取人家的意见建议,你懂的。

　　即便不放在最好的位置上,它依然可以发光发热——没有悬挂的广告牌现在靠在窗边,每晚尽职地进行广告工作。

　　白色的门,白色的窗,再加上店里特别的感觉,招牌当然也要另类一点——用广西空运过来的麻袋加打印招牌名称的 KT 板就做成了简单又别致的招牌,加一盏马灯吊在招牌前,暖黄的光远远地就让人感觉温暖。

　　原本简简单单清爽干净的门口摆设,在对面水吧用一个双人座的木质秋千以及一米多高的栅栏制造了田园风情之后,陡然变成完全的陪衬了。

| 一 | 这怎么可以呢？怎么办呢？|

  任何挑战都是一种机遇，我们仔细分析了我们和对门的差异，格调和颜色是亮点，那就突出吧。为了配合白色，外加我本人是希腊蓝白控，我们陆陆续续做了蓝色的幸福邮筒、白蓝桌凳、红色格子桌布，把朋友送来的一米二的大狗熊妞妞放在门口招揽生意，很温馨的特别的感觉就又一次被烘托出来了。

  有时候不得不佩服巨蟹座在布置方面的变态灵感，弯弯肠子那么多，最拿手的是制造朦胧感。最初我们用丙烯颜料在玻璃上画各种有意思的图案，写打折最低消费等等信息，后来我们用书的腰封、海报、世界各地的名信片错落地贴在透明玻璃上，加了薄薄的纱窗帘，用门垫制造了开了一条缝的门，店里也用书架和屏风巧妙地挡了一部分空间。如果是你，看见一家贴着这么些奇奇怪怪东西的店，外面又看不清楚里面究竟是什么样子，你会怎么想？

  事实证明，我们家后来好些关系很好的客人都是因为长期在对门打PS游戏，或者常常路过，"在外面观察徘徊了n久之后才终于有勇气走进了幸福的大门"。

  除了门口之外，临街的墙体也可以做许多调整。2011年10月，我们的团队迎来了一个有绘画天赋的小朋友——小爱。很多的创意都是在闲聊中产生的，店里会有不定期的电影放映会，如果说，能像旅游一样，让店里成为车厢，以地点为线索，每期放映不同的电影，就像旅游一样，带大家看那里的风土人情、发生过怎样的故事，是不是会好玩一点呢？如果再弄个火车票，来个查票或者列车广播什么的，会怎么样呢？

  根据这样的思路，我们设立了售票窗口、候车室，整个大厅设计成车厢，配备了列车长、列车员、乘警长，还专门发行了"成都——幸福"火车票，临街的墙面也由小爱重新制作，绿车皮、指示牌，还模拟《哈利·波特》中的情节制作了9/12站台——站在楼下，看看附近的招牌，有很多比我们闪亮，但你会觉得这里很特别，会好奇，

138　第四章　酒香也怕巷子深

而这，正是我们所希望的！谢谢小爱和莎莎的制作：）

当然，很多地方需要变通，只要明白：这所有的一切都是为了让人记住。

显眼的广告牌被城管撤下之后，迎来了统一规划的时间，同楼层的商家纷纷把自己的招牌装出来。仔细观察过我们家的外墙后，我决定不安了，因为不准拆卸的装饰空调架已经挡住了大部分空间，要把"17 幸福 8 咖啡馆"几个字紧密地排在一起，不见得能起什么作用，还略显小气。很多在网上搜寻了地址专程而来的朋友要找许久，他们进门都会问一句："太难找了,怎么外面不挂个明显一点的标识呢？"我通常会回答："幸福哪里有那么好找呢！"

客人们顿时感叹道：是啊！哈哈，你懂的。

前面提到的让周围人知道，人生地不熟的我，没有考虑任何开业活动，我的方法比较老土，装修期间就跟楼下小吃店的各家老板混了脸熟，让他们知道楼上要新开一家咖啡店，如果有人询问附近哪里有比较舒服的地方，就麻烦他们推荐了。

说到传单，我就是个反面教材了，开业的时候印了 500 份传单，去周围的办公楼发了发、去楼下小吃店的桌上放了放也就算完事，后来印刷的关于小店故事的宣传单，也没有大规模散发过，都摆在店里，给想要了解这家店的客人。这大约是个人理念的问题，我始终觉得发传单跟这家店的风格不搭，虽说也忿忿表示又白花了印刷费，却也彻底放弃了发传单的做法，辛苦了一直帮我做设计的欣磊同学。

你的门口装饰关键词是？你准备怎样打造？

你准备怎样营造你梦想小馆儿的"吸引力"？

开业，你有什么特别的计划？

你准备怎样使用传单？

二三十岁，开间幸福小店

让客人愿意再来你的店

MAKE CUSTOMERS
WILLING TO COME TO YOUR SHOP AGAIN

透过前面的那个章节，能够进入店里的人应该都是对小店产生了兴趣的朋友，而这个感兴趣，多半都是积极的兴趣，这就为他愿意再来打下了良好的基础。接下来我们能做的，就是横向在室内布置产品、突出人情味等几个方面，纵向在大氛围的营造及小细节的用心上入手。

在我的例子之前，要先跟大家分享一个很重要的准则：和谐。如果你已经彻底听腻了这个说法又实在觉得这个词放在这里不合适，那么我们换另外一种描述：整个店都洋溢着同一种感觉的舒服。这个东西放在这里，那里有一个留言本，架子上摆着的花瓶，甚至音响里放出来的音乐，没有一处让人觉得不舒服或怪怪的。

也许有人会说，这种玄而又玄的东西最匪夷所思了，你到底想表达怎样的意思？或者说，每个人审美观都不一样，我觉得舒服他就会觉得舒服吗？

试想一下，一家非洲主题的乐器店在正中间最显眼的位置摆了一架三角钢琴，你有什么感觉？一家面包坊，在收银的位置摆着出售的书签，你有什么感觉？一家欧洲简约风格的咖啡店，顶上挂着波希米亚风格的五彩吊灯，你有什么感觉？一家卖中国茶和茶具的小店，进门就看见一个化着烟熏妆的服务员，你有什么感觉？如果你自己都觉得不舒服，那你觉得进来的人会是什么感觉呢？

聪明的你一定已经明白我要说什么了，没错，舒服的东西太多，空气能让我们感觉舒服，但我们会常常忽视它的存在，所以这里提到的同一种感觉的舒服，就是无论装饰摆件、产品、氛围、人，都要围绕一个大主题进行烘托和渲染，给人留下深刻印象。

大多数要开一个梦想小馆儿的人，都是源自酷爱某一种产品，产品背后，往往是对一种文化的钟爱，可能是咖啡，可能是茶，可能是烘培技术，可能是摇滚乐。也许你从来没有想过为什么喜欢一家店，那么现在，来回忆一下，你印象深刻或者常去的那些特色小店，你感受到了什么？

记住一点，混搭可能让人惊艳，但更多时候存在成为败笔的风险，除非你的风格就是混搭。

HERE COMES MY STORY

开店最初,我也没有什么风格不风格的概念,只是照着喜欢的地方摆一摆,放一放,看哪里不顺眼了就挪一下,换个地方。直到有一天,给对门装修的老板级人物来店里喝咖啡,饶有兴趣地在店里看了半个多小时后,很认真问了我一句:对门准备装成欧式简约风,你们家这种是什么风格呢?

这个时候,我才开始认真思考这个问题:我们家不是丽江的晒太阳派,不是阳朔的邂逅派,有点类似鼓浪屿的慵懒派却还不完全一样。也许正如那位老板级人物后来专门过来告诉我的——他几经思量后觉得我们家是民族风——这个总结也许是最合适的。

其实,我从硬装修的设计开始就清楚地知道,我要这里成为温暖人心的地方,如何温暖人心呢?家的氛围,温馨的感觉,积极开放的生活态度,这就是我努力的目标。

砖红色的墙、手绘的墙画、看似随意悬挂的名信片、吧台上堆满的咖啡豆与咖啡杯、草编的屏风、藤椅、木架木桌、同样简单手绘风格的装饰画、大小不同的绿色植物、世界各地来的有特色的小玩意儿、梵高作品封面的留言本、介绍各地文化教人打开心灵的书、儿时的漫画、手绘菜单、披肩改成的桌布、麻袋门帘、玻璃制品都被我们用海报、照片、马尔代夫的沙子抢了风头……写着写着觉得我们家真土,但也许很多人记住的,就是这里的又土又真吧。

店里的布局调整过多少次我都不记得了，但是小爱把其中一次画到了菜单里，很多常客惧怕我把每一天当成劳动节的抽风状态。你懂的，生命在于折腾，觉得哪里不舒服了就来折腾一下吧。

产品和氛围也是一样的道理。酒的利润很高，我的咖啡馆里却基本没有酒；桌游是时下风靡于年轻人之间的聚会形式，看见一大群的客人进来，我会先说：抱歉，本店不配备桌游牌。原因很简单，我不想在自己的家里看见有人醉酒，也不想这里乌烟瘴气闹哄哄的。当然，这个坚持的过程没有那么容易，后面一章我会告诉你我曾有的摇摆不定。

接下来就到了最关键的人的部分了。

店主。这不是你的职业，这是你的事业，即便是属于你的梦想小馆儿，也要有事

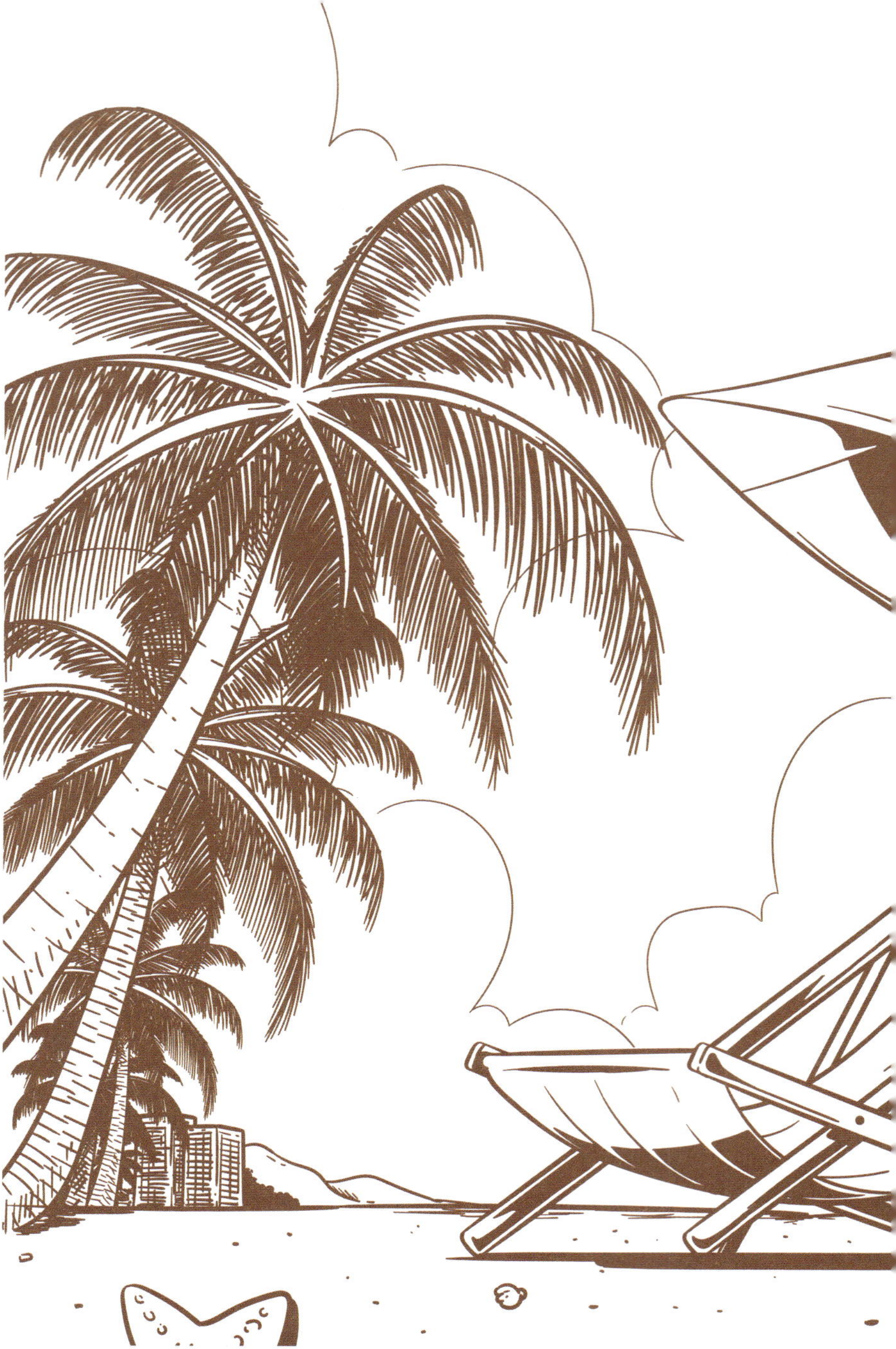

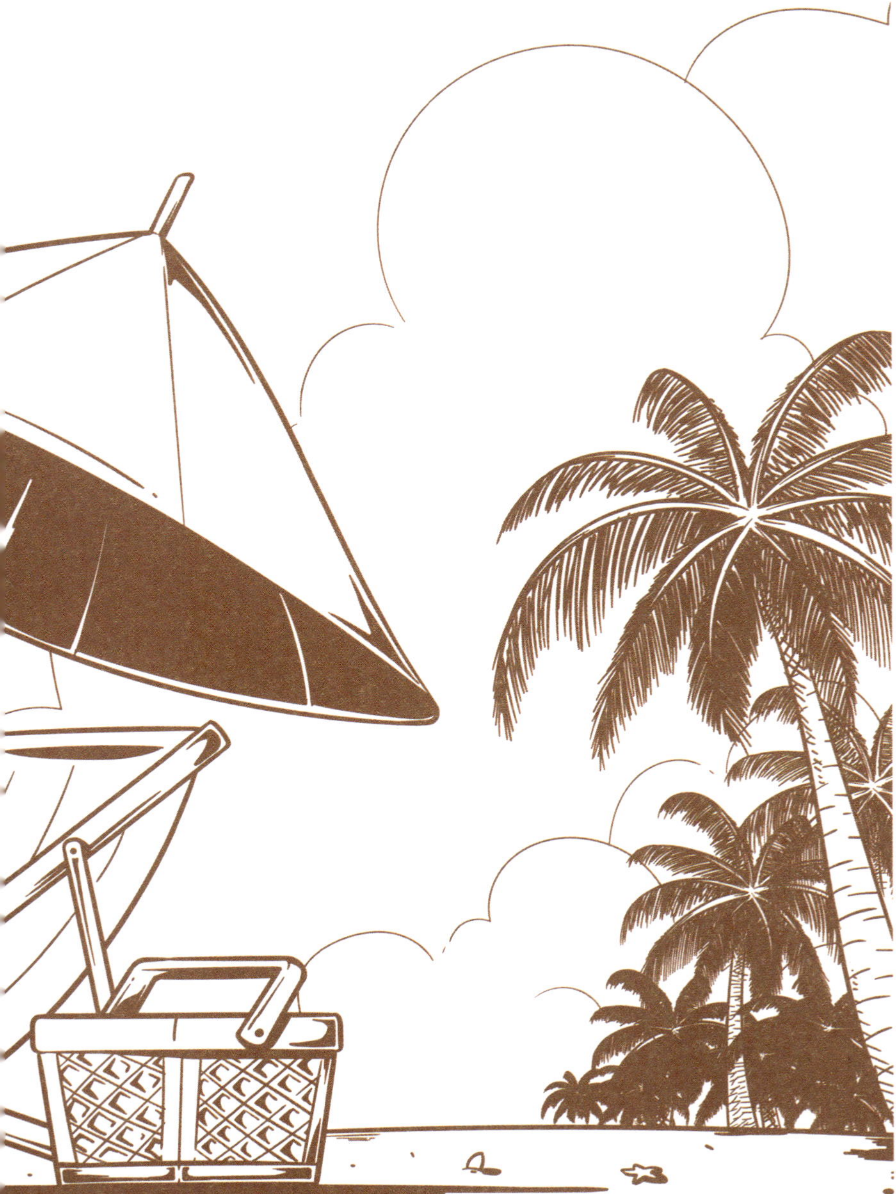

业道德，你的言行着装都不要跟你确定的风格有太大差异（这个很有难度，我一直在努力，却总还差很多，难免有阴雨指数高的时候发发脾气，继续努力中）。为了更好地体现你认定的风格，要尝试，如果失败要有心胸承认自己失败，更要有勇气在失败之后进行下次、再下次尝试。你的思考和决定对这个店来说很重要，所以行动之前要三思，尤其是涉及到风格扭转的时候。

店员。无论 Ta 有多么好的你无法比拟的优势，先看看 Ta 是否能够融入这个环境氛围。能融入的，才有可能去为这里的图画添一抹色彩；不能融入的，反而会成为画板上的一个黑点，大家都不觉得舒服。你要做的，是帮助他融入，识别他是否合适。

顾客。如果说选择谁来做店员的事情上你还有些许发言权的话，会有怎样的顾客来就是完全随缘的事情了。不奢求，不强求，我相信吸引力法则，你做好了你的店，它会吸引来合适的人。时间会证明一切。在此之前，在你可以承受的范围之内，勇于对不合适的人说不，就可以了。

你选定的主题是？包含如下主要元素：

外观上你准备这样体现主题：

内部装饰方面你需要准备这些以体现主题：

作为店主，你准备这样让自己更融合于这种风格：

还有如下细节可以体现这一主题：

第五章

我的咖啡我做主

原来总觉得 CEO 是个特别牛气的职位，掌管运营大权，头脑中要有财务管理、产品计划、推广策略、人员管理等知识，决定着企业发展方向，是个很有分量的工作。

如果说梦想小馆儿是你畅游在人生的海洋中的一艘小船，那么筹备的过程，你是设计师、规划师。当船要起航，就需要你变身成为船长，学习掌握运营之道。

妥协还是改变

COMPROMISE OR CHANGE

这是个有些纠结的标题，不过这是可能会出现并且导致你产生自我怀疑、沮丧等各种消极情绪的一段状态。试水期，或者试营业期间，在你没有找到更合适的适合你的梦想小馆儿发展的方向前，先有点心理准备吧。

我们刚毕业那年，找工作的人之间流行着这样一句话：理想很丰满，现实很骨感。是的，很多时候即便你以为你已经考虑了可能的状况，你已经做好了某些准备，可当刮着西北风的现实来到你身边时，你还是感受到了自己的脆弱。还记得开篇之前我们说道的原动力吗——要开这家店，要想象它的模样，要明确你想要让它成为怎样的店——这一切的基础是你脑海中那个想要的梦想小馆儿。

当想象遭遇现实，会怎么样？

一种可能是，你觉得自己确实太过理想化，没有考虑太多现实层面的需求，又或是计划之初完全没有想到过这些问题，面对着房租水电单据和门可罗雀的店面不断挣扎，然后选择变换成跟风派。一种可能是，你强压住内心的脆弱，硬撑到撑不下去、关门走人。还有一种可能是，你固执得不想放弃，同样在撑，每一天都不是原地不动，你不断尝试可能的改进方法，直到开始获得认可。

你是哪一种？

太多的例子已经说明，成功，不过是比那些失败的人多坚持不懈了一下，然后"碰巧"遇到了成功。你懂的，要顶得住狂风暴雨，就是要你有强大的内心去应对，去坚持，直到找到解决问题的方法。

强大的内心来自哪里？

你知道你要的是什么，更重要的是，你清楚地知道，自己值得拥有这一切。

HERE
COMES
MY
STORY

"17 幸福 8"咖啡小馆儿开始营业于 2010 年 12 月 9 号,刚开业十几天生意冷清,我知道,是因为没有太多人知道这家店, 地方确实有点偏。到月底,陆陆续续有几个逛街经过的客人惊叹这是家与众不同的店,尽管这样的评价让我的自信心得到一点点增强,可惜,生意没有好转,平均每天走进来看一看的客人只有两三个,比最初计划的五个人差了将近一半。

因为店面选择临近高校,12 月底又通常是学生们紧张备考的时间,没有生意,没有来发现的新人,也是可以理解的吧——自我安慰有道理,但总要做点什么,从顾客们给出的各种意见着手吧。

在店里放电影,考虑到电视的效果比投影清晰舒适,买了个 43 英寸的挂在墙上,准备了部分高清电影。这个辉煌的尝试,是直接承接了一场生日会《5 年后的"如果爱"》,接下来的几周,恰逢奥斯卡颁奖,于是趁热播放了《国王的演讲》《黑天鹅》,客人们都在说,到我们家看电影需要提前来占座,不然没位置, 而没有位置的小朋友在门外依然看得很起劲,大呼过瘾。

只是好景不长,从主题动画片、文艺片、老片的尝试来说, 大家都并不感冒,即便把电影放映的活动改成幸福列车,车上观影的方式,也收效甚微,来的人越来越少。直至现在,电影放映活动也在不断调试过程中。

营造国际化的英语学习环境。店里有很多外国朋友，有很多想要学习英语的大学生，那就开设定期的英语沙龙创造机会让大家相互交流。这个方法实践起来也有好处，吸引了很多定期的想要学英语的同学，老外们似乎也觉得这是个不错的交流方式，重要的是，周三的英语沙龙会有不少增收，让人稍微看到点希望。不幸的是，大家刚刚开始熟悉，那几个交流期满的老外就要回国了。一时间也很难找到合适的再来与大家交流的外国朋友，英语沙龙到现在也没有重新启动过，我也没有找到更好的方法。

温馨小店里的主题活动。结合着实践和不同的契机，我们办过"平安夜一起来做苹果控""谁说相声和咖啡不能混搭""母亲节的手工礼物""17来拍狗狗8""欢送老外朋友的Party"等等，也有包场欢乐活动。

看看周围都有怎样的资源，怎样的合作方式可以让大家快乐受益：母亲节，我们找了一个在幼儿园当老师手工很好的会员来当老师，教大家怎么折玫瑰花；相声咖啡混搭，我们请到了当时小有名气、如今大红大紫的哈哈曲艺社现场送欢笑；欢送老外的Party，邀请了很多老外和朋友，即兴演出交流，那也是第一次发现店里有这么多乐器高手……这样的活动没有定期，却是不定期在注入新鲜的血液，让大家感受另一种感受。

这么看来，似乎我们一直在为了吸引更多人而来，在做活动，没有过系统的筹划选择，但实际上，选择做怎样的活动，选择以何种方式来操办活动，都在体现你的价值观，你想要这家店朝哪个方向发展。

刚开店的时候，因为环境的关系，很多来过的朋友都是以小资文艺为标签向朋友们介绍这家店的，温馨、安静、别致、禁止桌游、禁止店内吸烟，禁止大声喧哗，很多条条框框——那时候附近唯一一家禁止桌游的就是我们家，这一度成为我骄傲的地方。很多摄影高手来过店里，大大小小各种不同的镜头都出现过，用年轻客人的话说：拿个卡片机都不好意思在我们家拿出来，做足了伪小资伪文艺。

第五章 | 我的咖啡我做主

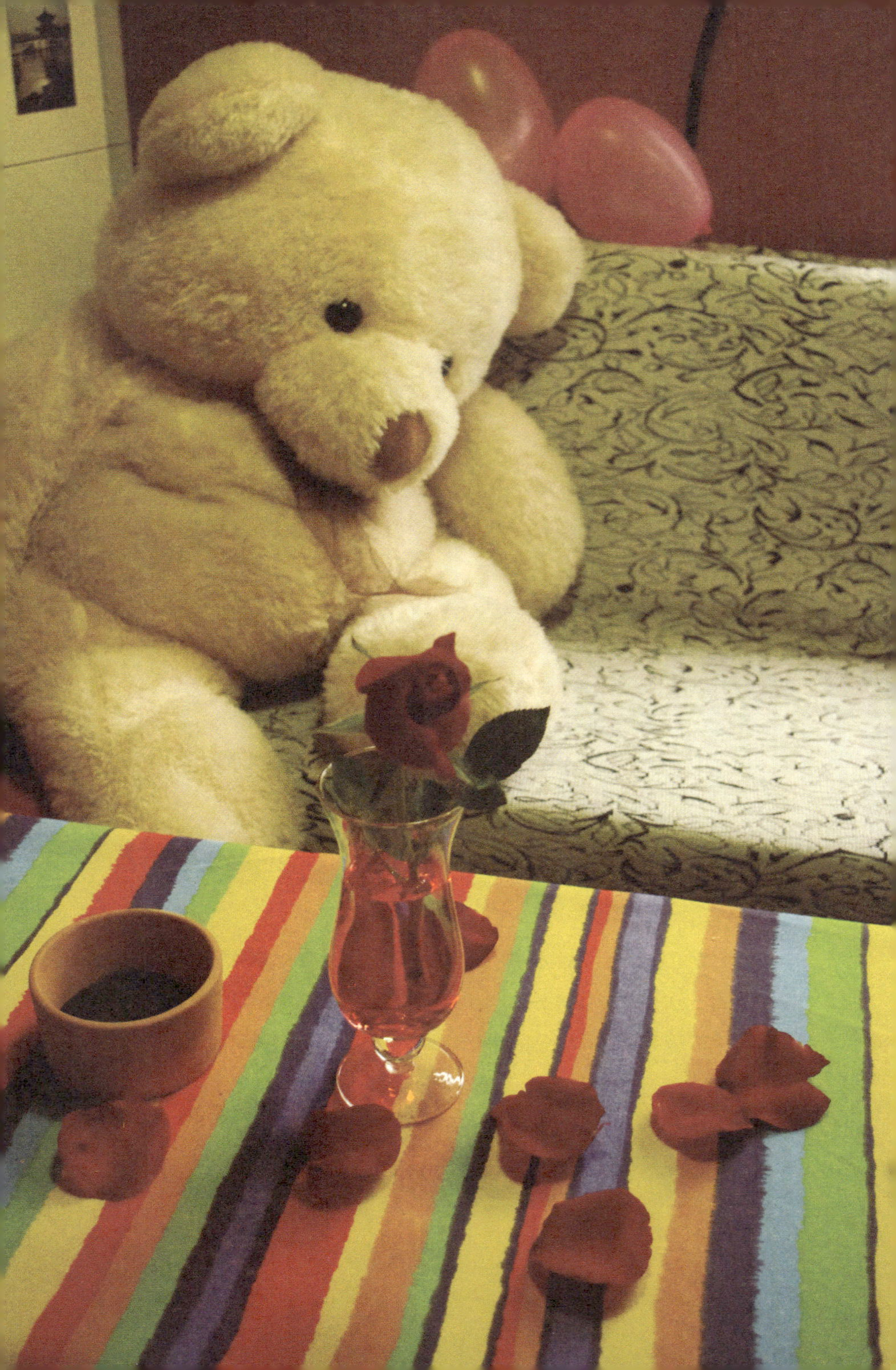

这样的相对安静的氛围就注定了门槛高，也注定了在未被很多人知晓前客人稀少、生意冷清。很长一段时间，我不确定这是否是我要的店，但是我喜欢安静地待在店里，跟客人聊聊天，直到对面的服装店换成了吵闹的小酒吧，PS 游戏店开始拿一台游戏机到门口来喧哗叫嚣，隔壁的房间被一家音乐学校租下来当作钢琴练习教室……都算作外因，要让我做出改变。曲高不仅和寡，在一片喧闹中的安静却太难以保持，尽管会更加凸显它的难得，但这些干扰因素可不是自己可以确定的。

同时我一直不愿意用"文艺"和"小资"来形容自己和这家店，一定要这样评价的话，只能是伪文艺和伪小资。既然这样，为什么还要打造一个并不真实的躯壳，又或者说这家店还可以有更适合的风格吗？

顶着房租、人员开销等各项资金压力，一边跟房东商量月结房租，一边把店里的情况找有经验的朋友分析，忍着部分群众让我迎合市场改成酒吧、麻将馆的想法，一边绞尽脑汁想怎么办。身处两难的境地，心情受到很大影响，不禁会开始考虑放弃。但也许我就是个天生倔强的人——在这个考验人的时刻，更应该像一头躲在暗处的狮子，饥肠辘辘奄奄一息，却暗暗知道转机就在前面不远的地方，随时准备用最后的力量一跃而起。

哲学书有点看起来让人摸不着头脑，但有时候就会在无意中给你指引。

那段时间读的书，是一本演讲集——克里希那穆提的《世界在你心中》。大意是让你了解自己，打开心容纳世界——如果我设置重重门槛，去吸引我想要吸引的人，那这重重门槛算不算是一种隔绝人与人的栅栏呢？

我想要的，不是隔阂，而是平等的选择，有些人在这里感受宁静，有些人在这里感受温暖，我们尽力让你收获你想要的，你需要的，让你觉得舒服，前提是不干扰到别人，不把自己的幸福快乐建立在别人的痛苦之上。

尝试改变，撕掉了禁止桌游的标签，开始组织不同种类的活动，鼓励会员们做他们乐意的分享，情况就真的不一样了：思维无限跳跃可以随意展开话题的七草成了大堂经理帮忙招呼生意；熟读古文经典的雅文成了店里的解说员；长相乖巧唱歌好听的金城成了美男服务生；具有古典儒雅气质的牙师傅时不时在店里的留言本上画出大作；砂锅专门负责店里的硬件设施；曾伽自告奋勇成了网管；力气很大的轩城承接了店里各项维修任务——店里大多数时候不喧闹，到周末大家又都有一种回家的感觉，热热闹闹，我们常在饭后一起交流古希腊古罗马的统治思想，也一起聊一聊微博上火辣辣的段子，到过节的时候大家会想着要一起怎么过，我们也不再限制任何东西，鼓励想象力和创造力，前提是你的舒心不是建立在别人的不舒心基础之上，转眼间，这家店焕发了新的生命力！

　　也许这还不是最好的状态，但大家都用自助、助人来形容这家店，过程中也都各有欢乐。现在我也不能确定这是不是这家店真正的内涵，但这些，算是现阶段我想要坚持的东西吧。就为这，之前的妥协抗争和尝试，都值得。

让一切变得合法化

在最初，当你和你的店都还没有站稳的时候，一系列繁琐的手续可能会让你烦躁的心情更加不安。

当然，现在考虑这个问题，是在你选择的地方，可以容许你度过几个月的生存期的情况下。

当你经历了前面妥协又坚持的阶段，你会更加清楚梦想小馆儿的发展方向，一切开始稳定下来，就必须要着手进行这一段工作了。作为一个要纳税的单位，一个独立营业的商家，或者公司，这个时候的各种奔波就是让一切变得合法化的过程了。另外还有一点，注册商标标识需要登记在册的公司或者个体经营单位，So，来吧，说说个体商户注册那点事儿，以餐饮和公共场所为例。

首先要做的，是去当地工商部门做实名核准登记，你需要携带如下材料：身份证复印件，照片。当下就可以拿到核准通知。

其次，餐饮、公共场所的就业人员应有健康证。在当地疾病预防控制大厅交费、填单并依照指示进行各项检测，多数情况只有体检、胸透、抽血三项，不会耽误太久。你要记得带两张一寸免冠照片，要记得提前咨询疾控中心的体检安排时间（例：成都市武侯区疾控中心是周一到周三体检），以免白跑一趟。健康证可于一周后领取。

紧接着，携带房屋所有证明复印件、房屋租赁协议复印件、身份证复印件、健康证复印件、店面方位图、卫生制度各两份，以及身份证、健康证原件到当地政务大厅（市级或者区级）填写卫生许可证明申请单。

通常工作人员会在一周内进行店内勘察，然后电话通知你去疾控中心缴费，进行空气质量送检。再一周后电话通知领取卫生许可证明。这里要注意的，是一些特殊情况，比如房东没有产权，比如你的店所在的位置改过名字，就要携带房屋改造和签收协议复印件，以及当地街道办事处开具的更名证明各两份去办证大厅。

拿到卫生许可证之后，下一步，就是去工商部门办理个体工商户营业执照了。这里需要的文件是：卫生许可证、房产证、房屋租赁协议复印件、核名通知书、身份证原件、照片（如果没有房产证，就记得带房租改造协议、收房确认书等证明该房产所有的资料），交纳260元，三天后就可以拿到你的营业执照正本、副本以及印章一枚。

接下来就是税务了，携带上面的资料一份，到当地政务大厅就可以办理了。稍后还需要去工商局办理财务专用章。

有了正式的"身份证明"，就可以考虑商标注册的事情了，流程大致如下：

秋冬特供

Hot chocolate
热巧克力
¥20

寒冷冬日
躲在"118"
拥抱幸福

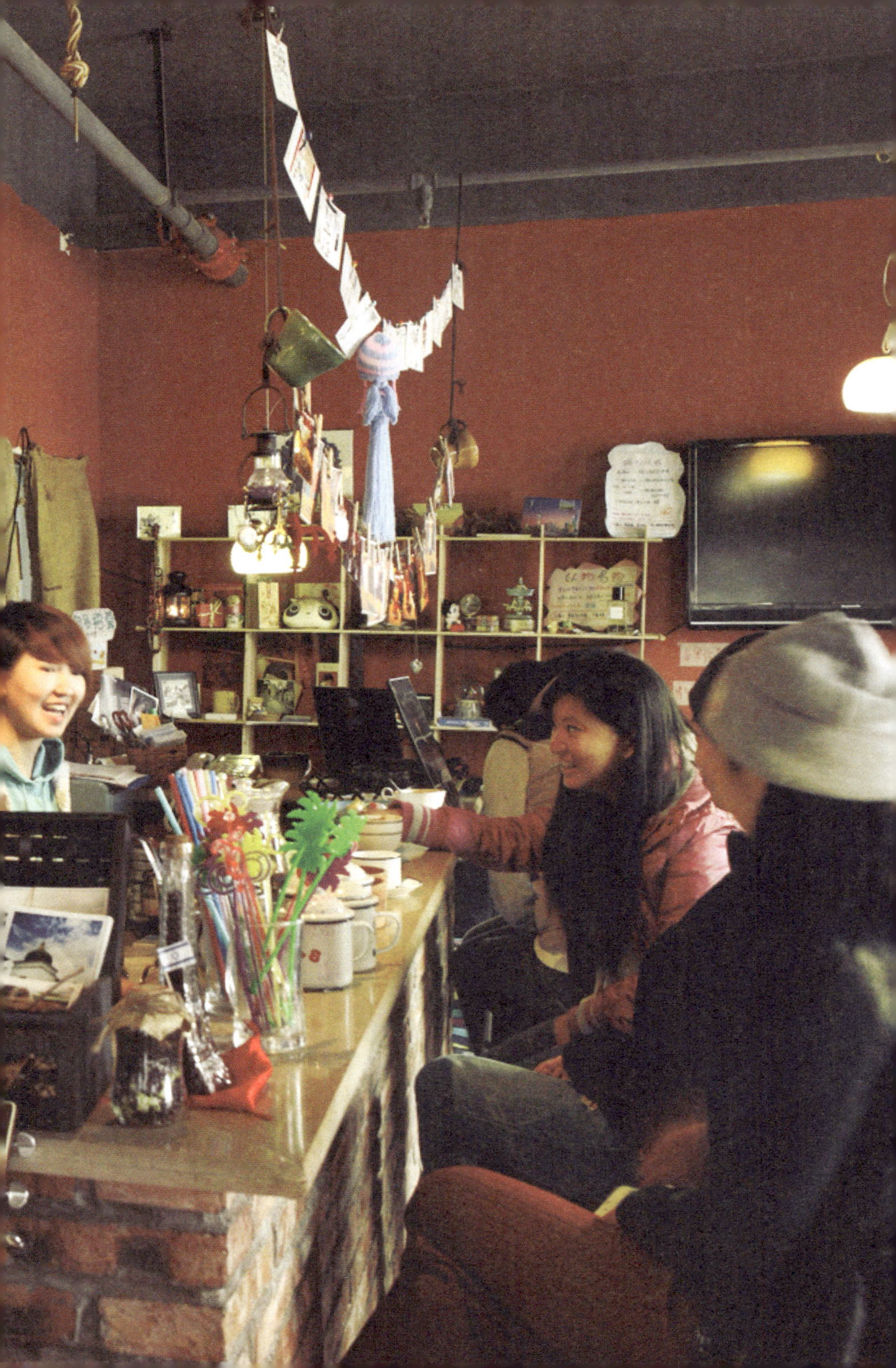

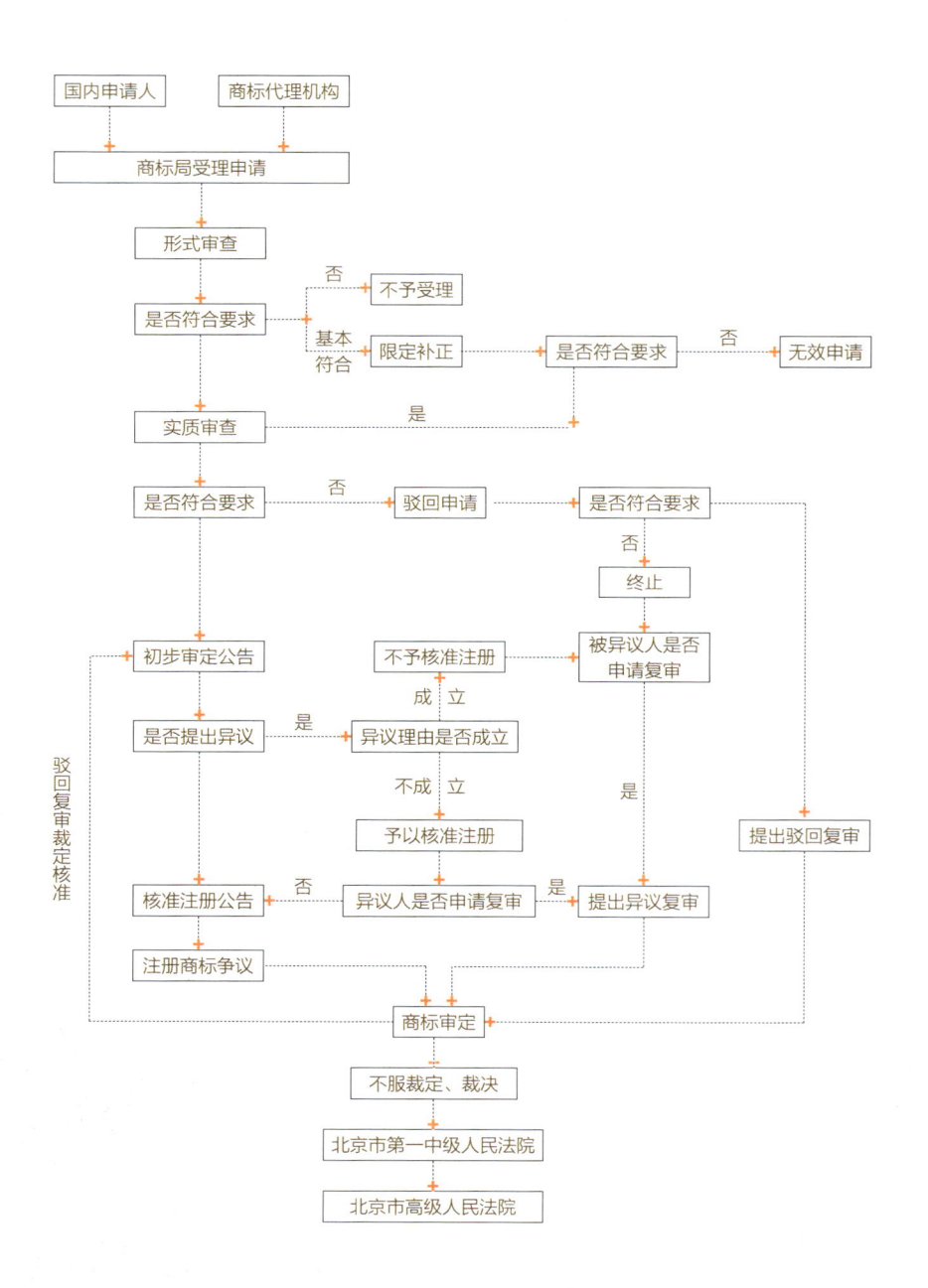

```
国内申请人        商标代理机构
       ↓              ↓
      商标局受理申请
           ↓
        形式审查
           ↓
                    否
       是否符合要求 ────→ 不予受理
           │基本
           │符合 → 限定补正 → 是否符合要求 ─否→ 无效申请
           ↓              是
        实质审查 ←──────────┘
           ↓
                    否
       是否符合要求 ────→ 驳回申请 → 是否符合要求
           │                              │否
           │                              ↓
           │                             终止
           ↓                    不予核准注册 ← 被异议人是否申请复审
       初步审定公告
           ↓                         成立
       是否提出异议 ─是→ 异议理由是否成立
           │               不成立        │是
驳         ↓                ↓             │
回     核准注册公告 ←── 予以核准注册    提出异议复审
复         │否             │是            │
审    异议人是否申请复审 ──→ 提出异议复审   │
裁         ↓                              │
定    注册商标争议                         │
核         ↓                              │
准        商标审定 ←──────────────────────┘
           ↓                              ↑
       不服裁定、裁决                   提出驳回复审
           ↓
      北京市第一中级人民法院
           ↓
      北京市高级人民法院
```

HERE
COMES
MY
STORY

在这里就没有什么好说的了，个中曲折和吐槽就不在这里占用大家的时间了。

记得，要带好上面提到的各类文件。

记得，要询问确认，都需要一些什么样的文件。

记得，要不怕麻烦。

不做宣传你就傻了。

知晓度、知名度，这两者并不相同。如果说前者，你可以通过狂轰滥炸式的小广告等方式实现，后者就没有想象中那么容易了。知晓度的建立，相对来说比较容易，但稳定性不高；与之相反，知名度的建立是一个旷日持久的过程，但一旦建立，认可度和客户重视度会更高。

也许很多人认为，先有知晓度才能有知名度，我分不清怎样更好，但我没有那么多时间、精力和金钱去砸在知晓度上，能做的就只有在提升知晓度的过程中创造知名度了。而且由于我自认为没有辨别能力，后续很多打电话来要求合作的各个网站或者实体加盟的活动，我统统都拒绝了了。所以这一节的意见，只能算拙见，真的仅供参考了。

既然小传单的宣传方式已经被性格古怪的我放弃了，那就只有试试其他手段了。

2010 年开始，有一种叫做"团购"的网站风靡了全中国，团购商家通过搭建平台

166　第五章 | 我的咖啡我做主

吸引商家合作，然后透过顾客组团的方式以较低价格购买产品或服务。理论上说，商家可以透过这种方式吸引更多顾客上门感受，也是顾客可以以低价格感受的契机，应该是件很好的事情，所以当有客人的朋友过来商量是否可以合作做个一两期团购活动的时候，我很认真地答应了，商量时间、图片、套餐样品及价格。

2011年3月，"这里有你的幸福吗？"系列套餐就在网上推出了。由于不想人太多，当时定的计划是有50份就可以了，从上线到消费期，一个月。

一个月之后的情况是这样：

1、总共卖出76份，原价37.8元的套餐卖给网站的价格是17.8元，共计收入：1124.8元，并不挣钱，倒是吸引了一百多人来到店里。

2、来店里的客人中，很大一部分是冲着低价来的，尽管几乎每十几个人中就有一个会在团购结束之后再来我们家店里，但真正因为团购而变成这里常客的人不超过3个。

3、团购活动进行过程中，周末会很忙，忙到手软不挣钱不说，还没有位置给正儿八经要来店里感受的朋友。

4、感受了团购活动的顾客，在团购活动结束后来到店里，因为有了之前的对比，都觉得原价偏高，这是我无法解释也不愿解释的事情。

总之，活动后期，我真的庆幸，只有一个月。

这个事件给我的提醒是，可以尝试新鲜手段，但要做好不见得如你意的结局的准备。另外，店里的气氛跟占了便宜各种兴奋激动的兄弟姐妹们也不搭调，聒噪的黑丝高跟鞋似乎不那么合适，我就断了网络宣传的念想，还是靠自己吧。

其实，我从做青年发展项目开始就在坚持这样一个理念：影响有影响力的人。换句话说，就是先影响每个圈子里的意见领袖。

来店里的长枪短炮很多，大家拍一拍照片，甚至约了模特，或者淘宝店主带了大批衣物过来拍广告照片，摄影师们把这里拍得漂亮是很具有宣传效应的。拍摄过程中可以跟店主、模特、摄影师多聊聊，稍后你还可以收集他们拍摄上传的图片，将这些专业和美丽的照片发布在微博、博客、豆瓣等等宣传平台，就会吸引到很多喜欢和关注的眼光，尤其是喜爱拍照的人，滚雪球一般，就会越来越多人从景色优美这个角度知道你的店了。其他来店里的朋友也一样，如果他喜欢，根据物以类聚人以群分的道理，他的朋友中大多也会因为他们的介绍来到这里，喜欢这里。

通常我会问新客人，他是通过哪种渠道来的，被朋友介绍来的这个渠道，占到了我们家的绝大多数，而其中的大部分人是被环境和朋友的描述吸引。渐渐地，就有好几个圈子的朋友把这里当成是聚会地点了。当有客人过来告诉你说，他的两个完全不同的圈子里都有朋友在向他推销这家店，让他觉得一定要过来看看的时候，这就算是一定范围内的知名度了。

另外一个涉及到知名度的话题，就是媒体了。如果有当地的媒体愿意将你的故事你的店作为他们某一期的题材，就会对提升你的知名度有很大帮助，一方面让不知道的人知道，另一方面让已经知道的人产生一种骄傲和自豪感。

如何让媒体人对你感兴趣呢？朋友介绍是一种方法，我这种从来不看电视的，会更倾向于做好口碑和网络上的宣传，微博、豆瓣等等都是一种展示的平台，当你不再自说自话，你有你的特色，报纸、电视台就会来找你了。

除了上面提到的这些不要钱的宣传，还可以考虑的是一些网站或者公司的商业合作，通常他们都会有工作人员电话告知你各种细节，根据自己的情况加以选择，明确合作细则就可以了。尽管保持了非商业化的风格，但我这种"闭关锁国"，不参与一切商业宣传的做法不见得就是很好的，各位慎用。

还有一个比较好的渠道，是学校学生的短片创作。鼓励大家实现梦想，是一种积极的心理支持，许多在校学生都会以此为励志榜样，如果在网络上已经有不错的知名度，那么这些年轻可爱的学生就会找到你，拍摄小店短片、人物短片，播放范围可能没有媒体那么大，但是拍摄过程中他们会更了解你和你的店，接受采访的过程也是你梳理走到现在的过程，你会更清楚知道目标和方向在哪里，学生们的作品不仅影响他们的老师、同学，更可以用来做你和这家店的宣传片——实现共赢。

最后一点，既然是你的梦想小馆儿，作为店主的你要学会在合适的时间、地点向大家分享你的故事。如果你的客户群体是大学生，那你可以尝试找机会去大学里做讲座、沙龙分享互动；你想在店里开一些个性的分享会，可以找机会去结识你需要的人，让他们知道你是谁，你在做什么，你需要什么帮助，他们可以怎样帮忙。假如你刚好跟我一样，不好意思"炫耀"，那你也可以做出简单个性的宣传页，让它展示这家店。

我之前做过记者、公益项目管理、艾滋病预防的参与式培训师，现在也在成都同乐健康咨询服务中心兼职做项目主管，所以我有机会去大学做讲座，给一些报纸杂志写稿子，也许说的并不是咖啡馆儿的故事，但当大家知道我有这样一家店，那个感觉跟到店里来喝咖啡而认识是不一样的。

换句话说，打造店的知名度的一种方式，是打造你自己的知名度。

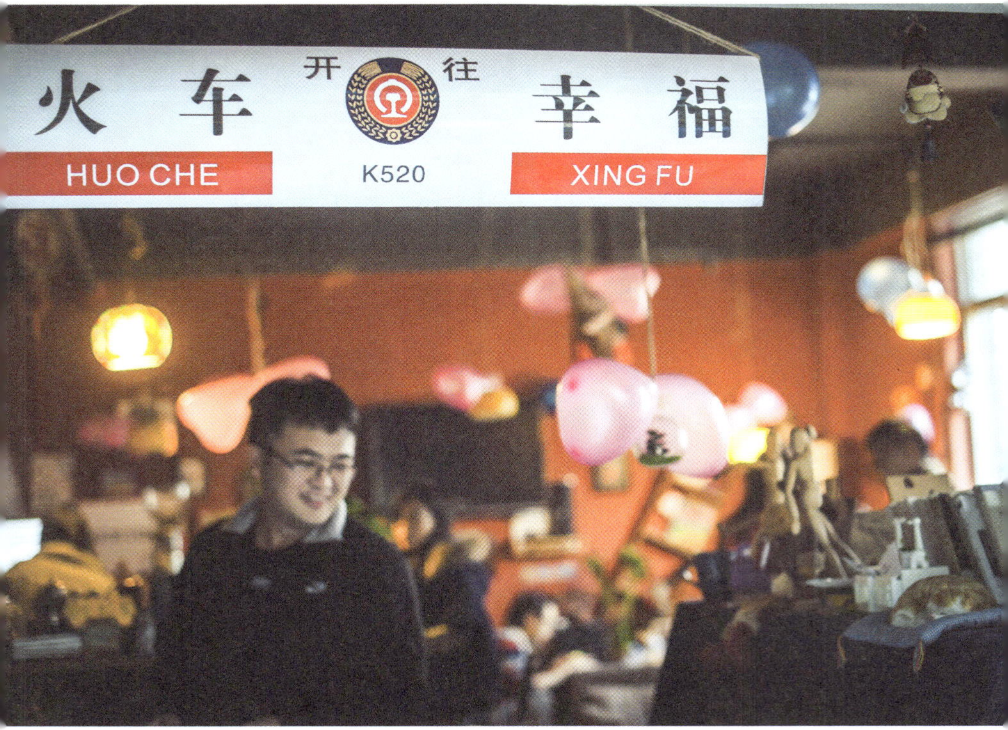
开 往
火车 幸福
HUO CHE
K520
XING FU

小店部分视频地址

http://v.youku.com/v_show/id_XMzEyOTk4MDI0.html（成都电视台）

http://v.youku.com/v_show/id_XMzg4NzkyNjIw.html（学生作品）

http://v.youku.com/v_show/id_XMzM2NzI2MDk2.html（学生作品）

外观上你准备这样体现主题：

内部装饰方面你需要准备这些以体现主题：

作为店主，你准备这样让自己更融合于这种风格：

还有如下细节可以体现这一主题：

探索总结你的商业模式

EXPLORE AND SUMMARIZE
YOUR BUSINESS MODEL

标题想了很久,"商业模式"这个词太过重大,却又担心很多跟我一样的典型文科生看见"商业"和"模式"就头大。说得再容易理解一些,是探索总结你这家店的"特色及套路"。

也许,你觉得这是梦想小馆儿,不是商业。但是亲爱的,真正的梦想是会生根发芽、有生命力并且可以影响到更多人和事的。梦想小馆儿需要自力更生,毕竟它在商业社会中,你可以不以商业盈利为第一目标,但你首先得让它有能力存活。

很多东西都在调整过程中,那些梦想的花儿也必须要到现实的风暴里锻炼一下才知道是否足够坚强。结合前面的知名度,渐渐就会知道,在大家眼中对你和这家店最有印象的点在哪里,你自己个人的优势在哪里,你想要这家店朝着怎样的方向发展,主题很清晰就会出来了。你懂的,人无完人,店无全店,不可能一家店囊括所有的门类或者产品,借鉴商业社会中那些做得好的企业,无疑都是以某一种产品或者特色打动了消费者,然后站稳脚

跟开始长足发展。

明确主题特色的第一步，是找到自己区别于其他同类店的差异，如果凑巧你也在这个过程中对商业产生了新的想法，有了一点点兴趣，也可以向很多成功的商家学习，在总结商业模式的过程中，设计出文字、图像标识、主色调，学着应用 VI 理论，将你要展示的信息用更加清楚直白的方式向大家呈现。

紧接着，就要思考持续性的问题了，尤其是当一家店还需要其他帮手的时候，就需要像个商业项目一样，明确各个职位的职责，培训、工作流程，定期信息反馈，监督方式等等，用文本记录下来，让一切规范和有序运转。

这个部分我也在摸索中，建议你可以多去找一些商业案例来参考学习，看得多了，就知道大约应该是怎么回事了。

HERE
COMES
MY
STORY

从最初的文艺小清新，到后来的助人自助，似乎明显的分界点是从 Yoyo 和小爱 7 月底的离开。店里只剩下我一个人，要开门，要进货，要煮咖啡，要洗杯子，要打扫卫生，一下子来好几个人的时候确实忙不过来，于是先来的客人开始帮忙给刚到的客人递水、点单、端咖啡、帮忙跑上跑下买水果之类，那段时间店里最搞笑的场景就是，新客人会喊："服务员麻烦再来点儿水"，一个老客人就会很自然地拿着柠檬水壶过去，加满水，然后说："这个店里没有服务员，我们都是客人，水壶就在那里，要是老板娘忙不过来你可以自己过去加水。"也是在这种号召之下，小爱回来专门制作了让很多人费解的牌子"我们是客人，兼职服务生，你懂的，小店不拒绝小费"。

如同最初设计菜单的时候，用虹吸壶煮的单品咖啡，为什么写明要客人自己动手磨一样——参与和给予是另一种形式的幸福体验。

一家以幸福为主题的店，不是将所有的东西标上幸福的标签，而是能够让人感受幸福。有那么一个瞬间，我突然觉得之前计划里那些个"幸福摩天轮""幸福宝贝"等等相当肤浅和幼稚。怎么才能让大家在这里感受幸福呢？或者说幸福是目标，主题应该是其他东西？是什么呢？

对我自己来说，除了猫吃鱼狗吃肉奥特曼打小怪兽，更是心灵的体验：可以坦然为人付出不求回报、身体力行做想做的事，心神安宁。

回顾我自己的经历，2004 年开始从事艾滋病预防的宣传教育、毕业后在国际公益组织做项目管理工作，很多的同事朋友都在公益圈里活跃，因为在成都同乐做兼职项目主管的关系，认识了很多成都公益圈的朋友们，想要跟大家分享他们的故事；我喜欢旅行，每年至少去一个地方，喜欢收集明信片，店里有几百张，很多朋友出走成都之前回来之后都会来店里坐坐聊聊路上的故事； 我喜欢心理学，研究人，喜欢看很多跟自己和平共处的书籍，店里有很多香港方舟书舍的陈太送过来的灵修书籍，我们没事也在小范围内交流心得——等一下，这不就是"公益""旅行""灵修"的主题咖啡小馆儿吗？

于是，从 2011 年 11 月开始，店里基本上每月会有一次公益分享，介绍一个社会工作者，一家当地机构，一些相关公益信息； 不定期的旅行分享；以及正在努力形成常规的周日晚心灵读书会——也许真正参与其中的人才有发言权，这一切是否让人感觉幸福，被影响，生活有所改变。

配合着主题的日渐清晰，加上之前大家对于"17 幸福 8"各种"十七幸福八"、"要切幸福吧"、"幸福 178"的误读，就索性换了新的名片和 Logo，如下图。

当新的名片被巧手的小爱装饰到各桌之后，就经常出现下面的对话：

"老板，请问这个公益，怎么理解？"

"我们家很热衷做一些公益活动，同时，店里几乎每个月都会有公益人的分享，具体活动可以关注我们的官方微博：17幸福8老板娘，或者豆瓣小站17幸福8。"

"那灵修是什么意思？"

"所谓灵修，就是让你的身体和心灵都处于一种平和喜悦的状态中，店里每周日晚上会有心灵读书会，就是一堆人聚在一起，读一本贴近心灵的书，分享感受。"

除了主题之外，店内各项工作也需要明确流程，于是辛苦小爱制作了开店流程、"饮品配方"等，这样来店里应聘兼职的同学们就可以通过阅读宣传单了解开店原因及目标、熟悉店里各项物品的来历及位置、开关店流程以及饮品制作单等，从试用进入正式工作状态。

尽管我仍纠结于店里是我一个人就够了，还是应该再找一个或几个朋友帮忙看店，或者是找几个学生来自主经营这家店——商业模式这东西真不是一蹴而就的，需要慢慢摸索寻找。但现在回头看，没错，确实是越来越有谱儿了，我也相信，不要多久我会找到属于这家店的模式。

你的店主题是：

你打算这样在店里诠释你的主题：

你打算这样向客户呈现你的主题：

所需员工数：

各岗位职责及每日工作流程：

新员工上岗流程：

17

福

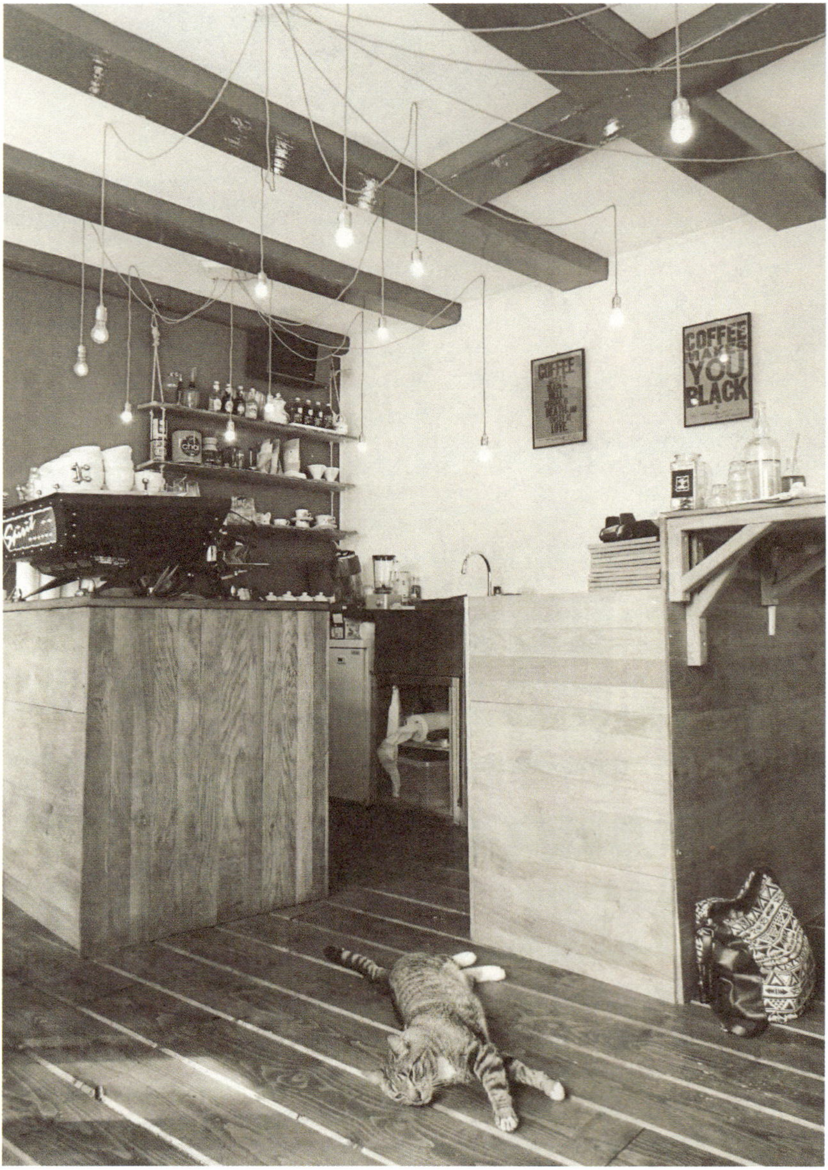
COFFEE
MAKES
YOU
BLACK

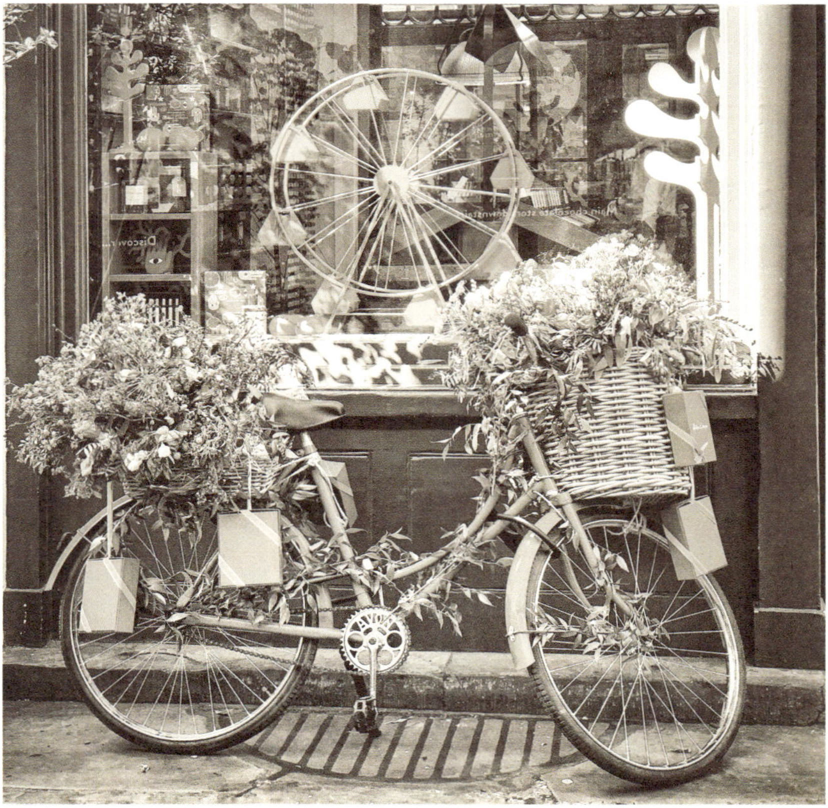

第六章

行动之前先来预防针

很多人觉得所谓勇敢,就是带着初生牛犊不怕虎的勇气,不顾一切往前冲,但现实往往证明,匹夫之勇要成功需要很多运气,而运气这个东西,似乎变数很大,即便拼人品也不知道审判官究竟在哪里。

更为有效的方法是:是的,我要做这件事,我不光有冲动和激情,我确定这是件可以去做的事情,我确定我具备相关能力,我也预想到可能出现的状况及应对方法。然后,我行动了!

开店 我有三头六臂

OPEN SHOP
I HAVE THREE HEADS AND SIX ARMS

写到这里突然有一种感觉，会不会有些朋友看了目录之后直接先看这里，要先检验一下自己是否具有开店的能力——哈哈，是不是猜对了？

如果你这样做，是潜意识不自信的表现，不过如果你也二十几岁，这样的不自信就太正常了。所以我必须要在这一节开始之前说几句话：首先，下面提到的各种能力，没有任何一种能力是天生的，你读到的时候发现自己有缺失，很正常，那只能说明你之前没有有意识地培养锻炼。

其次，我不觉得这个世界上有笨学生。笨老师倒是有的。老师的存在是为了帮助你找到适合你的学习方法，培养你学习的能力，而不是灌给你知识。So，别觉得自己学不会，只是还没有找到适合你的方法。

第三，所谓能力，不是一下子就可以发生从不会到会的飞跃

的,也没有所谓能力的最高限,需要逐渐积累。如果你觉得你需要这项能力,请多一点信心,多一点坚持。

最后,即便你是智商 180 的谢耳朵,你也不是完人,可以拥有所有能力,所以请试着听听别人怎么说,邀请能力互补的人加入到你的团队中,让梦想小馆儿顺利发光发热。

现在,请原谅我的啰嗦,我们来进入正题——开一家梦想小馆儿,你都需要哪些能力?

| 认真，专注 |

现代社会五彩缤纷，信息爆炸，我们有更多选择如何度过这一个月，这一周，甚至这一天，这一个下午，很多人在诱惑力超强的生活里迷失了，迷失着。小时候听说的猴子掰玉米的故事不断上演，无论是对爱好、事业方向还是感情。认真和专注的标准也在不停改变，也许微博上看到的这句话很适合描述这个感觉：做好你应该做的，才有资格做你想做的。如何实现这一切？认真、专注，全心全意做一件事，想要做好一件事，心无旁骛。

检测方法和锻炼方法都很简单，先从关注你的呼吸开始。

沟通，表达

如前面提到的，从找合适的开店地址开始，你就需要跟很多人沟通，去表达你的想法。

我的潜意识这个时候告诉我，有些人看到这里会有一个大大的问号在脑袋里升起：你这是在说我们不会说话？

哦，亲爱的，绝对不是。能够说话是一种能力，能够清楚表达你的想法与人交流，是另一种并且是我这里说到的能力。想得明白，说得明白，做到，是三件不同的事情。回想一下，你或者你的朋友，有没有出现过词不达意的情况？

换个角度想一下，有没有可能，不是你找不到合适的词，而是你找不到表达的重点？

能否清楚指路是一个很好的检测方法。我就是个典型的表达能力有问题的人，现在还在努力学习。跟我一起吧，指路、讲故事、准确表达你的情绪，慢慢地，你会发现改变。

| 思考，总结 |

这里要提到高中政治常说到的两个词了，现象和本质。相信大家都会在各自不同的兴趣点上思考、总结。要做的，就是想深入一点，再深入一点，清楚整件事情的来龙去脉。透过经历去增长自己的见识从而具备更强的鉴别能力，预测即将到来的状况以及做好应对这种状况的准备。

培养方法很简单：多问几个为什么，直到你知道你关注的这件事是怎么回事，怎么会这样。

开放的心态，不断学习（我纠结了很久如何描述这两个词，总觉得我要表达的意思跟大多人理解的并不相同）。

这是一个追求个性的年代，一些人用标新立异的外表彰显个性，

一些人用鲜明的立场来诠释自己，一些人用讨厌某些人事物来反证观点——似乎表现得越突出，你就越能知道你是谁，你喜欢什么，你支持什么。这确实是一种方式，但同时，它让你丧失了去了解你并不在意或者不同意的那一方的机会，因为你难以"容纳"那个你"不屑于"的部分，你的心并不开放。

　　一种看起来古怪的性格，一件看起来只能是偶然的事件，背后都有许多形成它的有意思的原因，想想《疯狂的石头》——凡事皆有因。当你了解了它形成的原因，你会更容易理解，更宽容，更开放，也更容易发现有些被情绪否定却客观存在的优势，然后学习，让自己有能力做更多想做的事。

　　练习的方法，是找一个你平常比较讨厌的人或者物，问自己：他真的就这么糟糕吗？他有优点的，比如……我可以向他学习……

来咖啡店当然喝咖啡！
特别推荐
Special coffee 预见幸福 ¥35
The mandarin duck coffee
Green tea coffee
如果你不喜欢咖啡或者茶，还有
—不含咖啡不含酒精的饮料—
热巧克力(Hot chocolate) ¥25/杯
(coconut+mango) ¥22.2/杯
(milk+sprit) ¥22.2/杯
紫罗兰之恋(lavender) ¥22.2/杯
(peach+strawberry) ¥22.2/杯
(coconut+rose) ¥22.2/杯
(milk+cream) ¥22.2/杯
(lemon+cola) ¥22.2/杯

组织、掌控现场的能力

这个大家都懂，不仅员工会议要由你来主持，也需要用活动吸引更多的人参与，你需要掌控活动的进展情况。我们就说说怎么增强这部分能力吧。老板娘一向的传统，就是拿熟人开刀，所以你可以试着在朋友中组织一些活动、尝试掌控活动现场，再逐渐加入陌生的人。

如果你的梦想小馆儿需要你开展活动吸引客户，你又没有足够的现场控制能力，就可以了解一些"气场"的概念，用服装、声音、流程、丰富的准备、人员间的相互配合来制造气场，等你习惯了这样的引导者身份，慢慢总结属于你的风格，就会成为梦想小馆儿的特色之一。

创新能力，知错就改

相信经过前面各章节的交流，我们已经不用再讨论创新的重要性，一个问题出现，需要你不断创新，想出新招数，直到解决它。

为什么将这两种能力放在一起，因为既然是各种新招数，当然不见得所有的招数都是好招，由于我们才疏学浅、经验浅薄，难免有坏招烂招。当你作为店主，发现使用了错误的方式时，可以不要面子不要傲娇，勇敢承认自己错了，再全力找寻下一种可能适合的方式。

创新能力的锻炼，可以从日常生活开始，比如尝试一些新的菜品，走一条平常不常走的回家之路（当然要确保安全），用一种新眼光观察你熟悉的环境等等。不要太看中面子这点，就要靠心理调试了—— 是人都会犯错误，何况我们还年轻，如果抱着错误不放手、继续往下走，只会受到更大的教训。幸好我们还年轻，我承认，这条路走不通，

但我离目标的确是又近了一步，起码我知道，这条路行不通。

心理承受能力

对于温室中成长起来的 80 后、90 后们，也许是从小经历的打击太少，也许是爱我们的人把我们保护得太好，也许是我们一直没有学会如何看待一些人和事在我们生命中的离开，很多人在打击面前选择崩溃、逃避，甚至纵身另一个国度。用一个不太美观的比喻，如果我们都是一条一条的橡皮筋，那我们正在经历的快乐悲伤，种种情绪都是为了增加这个橡皮筋的厚度，累积越多，才可以越来越有力量，弹性更大。要相信，即便是糟糕的经历，也是让我们成长的礼物，只是包装得不太漂亮而已。

增加自己这条橡皮筋厚度的方法，除了告诉自己坦然面对，看看这个转弯之后的风景外，还可以多看书，多看电影。每一个生命历程都无法重复，每个人都在用经历描绘这属于自己的生命之画。你知道得多了，了解得多了，你会发现，越大的阻碍实际是越大的考验，相对于好些人经历的遭遇，你这点小破事，算什么？

遇到实在难以扛下去的悲苦情绪，家人、恋人、朋友的作用就凸显出来了。记住，你不是一个人在战斗，你有大家的爱，打开心让大家跟你一起分担，慢慢地，你会发现自己可以承受更多，内更加心柔软而强大。

真诚待人，好人缘儿

这个能力的重要性无须多言，在这个资源为王的社会里，人就是最大的资源。要说明的是，这里的"好人缘儿"并不是说你有一千一万个朋友，每周末都有人约你去吃喝玩乐，你手机里存着好几兆的电话号码，而是说，在你的朋友圈子里，大家理解你在做的事情，并且愿意在你需要帮助的时候提供帮助，我们友情的质量好。如何可以拥有这样的好人缘儿呢，做好自己的同时，很简单，不论对方是高富帅还是吊丝，你都真诚以待，他，就是一个"人"。

学习方法可以参见一些讲"人际交往""人脉存折"的书，要想简单一点，就从微笑、遵从自己的内心、一视同仁、热忱与人交流开始吧。

来点儿小才华,增加魅力

呵呵,这条是附加的。

身为店主,你总要有两把刷子。你可以素描很棒,你可以随手钢琴曲,你可以拍出美丽照片,或者你本身就是个摇滚乐队主唱,大家都懂的,一个才华横溢的店主,是很具有吸引力的。如果你跟我一样,啥都会一点,啥都不精,又凑巧开了间这样的咖啡店——当你看见来的人拿着吉他就能弹唱,坐在钢琴前不是古典爵士就是流行曲,连老外的中文说得都比我们的英文好,你就会被不断激发的。

正文的最后一句,留给这句话:以上提到的各种能力,与年龄无关,所以无论你什么时候开始锻炼,都不算晚。加油吧!

HERE
COMES
MY
STORY

　　前面在各种能力介绍的最后，都提到简单的锻炼方法，但其实我想说，无论你现在在做怎样的工作，仔细想想，其实你所做的每一件事都是在积累这些你需要的能力。

　　接下来，我来翻老底告诉你我的积累过程。我们从 2004 年开始说起吧。

　　刚进大学的时候，歪打误撞地进了学校的青年志愿者组织，又阴错阳差地进了艾滋病预防的同伴教育项目，三个月后"鬼使神差"地成为该项目负责人。由于该项目以培养青年培训师，由培训师带领学员用参与式方法学习性与生殖健康、艾滋病预防的相关信息，因此，作为项目负责人的我没有组织过培训却作为督导学习过几十场培训——幸运地从一个旁观者的角度，看培训师如何引导，思考整个培训的逻辑是否合理，观察参与者的反映。这是一个很有意思的体验，不仅为我成为一个培训师积累了充足的信息，同时，开始留意细节，留意每个人不经意间流露出来的肢体语言。

忘了说，我一直很喜欢观察人，督导培训让我有理由名正言顺地观察。渐渐地，透过相貌、服饰、言谈、小动作，我可以渐渐分析这大约是个怎样的人。2005 年起，我开始培训同伴教育培训师，站在台上，根据大家的各种反应来判断他的接收程度、疑点，甚至揣测他可能适合的培训风格，透过培训本身和后续的交流沟通不断探索、不断确认。后来发展成为，即便是自己坐在马路边，带着耳机看匆匆而过的行人，猜测他会有怎样的故事，也可以打发一下午的时光，并且乐在其中。也是在这段时间，我大约知道什么是气场，正面力量、负面力量。

作为培训师，还极大地锻炼了我的表达能力。讲者，总需要把某些信息传递给别人，既然"传递到"是目标，要努力的就是找到合适的传递方式，哪一种方式更有效，哪一种方式更容易被理解，这句话怎么说会更清楚没有歧义，尤其是主题相同培训对象不同的几场培训时间靠近的时候，准确表达的收获就更加明显，因为一个优秀的培训师，不是只有一套讲课方法，而是根据培训对象的不同，采用不同的方式引导。同样是艾滋病预防，同样是培养同伴教育培训师，我做过大学生培训、工厂员工培训、企业职员培训，找到他们乐于接受的表达方式是培训成功的关键因素——这，就是沟通的基础吧。

与此同时，组织、掌控现场的能力也在这段时间得到了锻炼。为什么？所谓同伴教育培训，就是一群背景相似、年龄相仿、面临着大致相同的情况的人聚在一起，用游戏和讨论的方式，就大家感兴趣的话题进行经验交流和讨论分享，培训师不见得比大家专业多少，更重要的是，他先分享出自己的经验，组织大家参与活动并在其中有所收获。所以，可想而知了，一个人 Hold 住全场，这是必需的能力。

除了培训以外，一直工作在公益圈子里，收获最大的是开放的心态和不断学习的热忱。无论你用热心奉献，还是纯洁干净，或者只是带着光环的另类商业等等词语来形容你眼中的公益圈，我知道用我浅薄的词语没有办法描述清楚这到底是怎样一个圈子，但我目前为止遇到的大多数人，都是带着一颗简单热忱的心来到这个圈子里，想要为别人做点什么的。

也许就因为这出发点不是为自己，是为别人，所以工作起来更容易对事不对人，我们想做的、要做的，都是让更多人受益。没有办公室里的尔虞我诈，没有商场上的追名逐利（我甚至一度以为在公益圈子里生活的，不是异常简单热情的人，就是看穿世事后的淡定智者），大多数时候这是一个开放的、可以激发个人创造力的、不断交流学习的环境。我就职的玛丽斯特普国际组织中国代表处，在中国青少年性与生殖健康、艾滋病预防方面拥有自己的优势，我在这里，遇到一群非常好的人：刘老师会提纲挈领地告诉我们如何从管理的角度控制项目进度、质量；冬冬、刘陈、春天、晓东、四公子和精灵妹是始终在一起战斗的，我们各种不定期召开的青年草根会议，都是为了怎么让青年更有发言权、行动力、影响力；熊猫大哥、娟姐、骆平姐、张静姐、悦姐等等同事，教给我们的，不仅仅是工作，更多的是如何与人相处，如何做好自己……更重要的是，我们都坚持着尊重、平等的价值观，我们相信每个人都有存在的理由和意义，有他们独有的优势， 不分年龄、不分性别、不分职业、不分薪酬高低、不分社会地位、不分性取向，是大家一起组成了这个五彩斑斓的社会。

第六章　行动之前先来预防针

我常常在培训时说，古语有云"三人行，必有我师"，时代在进步，社会在发展，现在这句话已经变成了"二人行，你是我师"。就是现在，你身边坐着的这个人，他身上一定有你没有的优点，如果你没发现，那只是你还没有发现而已。

当你发现了这一切，你就知道自己没有任何理由骄傲自大，没有任何理由轻视别人，没有任何理由停滞不前——还有那么美丽的世界，还有那么多精彩的故事，你凭什么觉得自己天下无敌？你凭什么不好好活出自己？

也许正是因为上面提到的种种，我现在，还有半只脚踩在公益圈子里，做项目管理，做培训，做我能做的那些事。

这一段激情燃烧的岁月在2010年3月出现转折。

生命中那个莫名其妙的瞬间，一次小范围的同学聚会，我突然发现原来我离主流社会那么远、那么远。你懂的，很多人觉得这个社会，这里差一点，那里差一点，可惜动手参与要来让这里不差一点的人并非大多数，越深入，问题越多，能做的越来越微乎其微，工作两年甚少有假期的我就在那个时候突然傻了，随之崩塌的还有以往的自信——我做的这些，究竟能改变什么？

后来的故事，就是以前实习单位的领导推荐，去了《北京晚报》

楼宇周刊，跟全国人民都关心的"房事"杠上了。现在想想，我刚进去那会儿，全国房地产形式一片大好，"京十条"都还没有出台呢。

没错，当时就是抽了风地要回主流社会，我换领域、换职位、换职业，让一切重新开始。

豪言壮语都需要 n 个彻夜不眠、奋力拼搏的夜晚来支撑。啃书、啃报纸，每天盯着房产新闻里那些出现频率颇高的关键词：任志强、潘石屹、降价、暴利、黑幕、拆迁、80 后小生活、贷款、看房、骗局等等。从来不关心国家大事的我脑子突然开窍，房地产是国家的支柱产业啊，开发商拿地召集设计公司出设计方案，在诸多建筑公司中选择合适的开始盖房子，售楼中心搭建好，美丽的售楼小姐带你畅想未来，一个家庭的故事准备在这里上演—— 这中间涉及了多少环节，多少人，也许在政府、银行、开发部门工作的朋友比较少，但谁没有几个搞建筑、设计、售楼或者是准备买房的朋友？

我的心理承受能力估计就是在那个时候突飞猛进的。为了一篇稿子，大周末上河北踩盘，写稿到凌晨两点，写不完，定个闹钟五点半起来接着写；有死活采不到对象被编辑骂得灰头土脸在办公室楼下哭了一个小时的时候；还有房产大会上，面对上千位嘉宾媒体同行，需要为头版头条提问，争专访的时候……

对那时候的我来说，你不乐意做是一回事，你的工作没完成是另一回事。我的自尊心实在是强得有点变态，咬牙切齿地，我也按时交稿，也写过领导表扬"还不错"的稿子，也跟同事们策划完成过当时北京销量最好的专刊。

现在很多时候我也觉得难，但转念一想，有当记者那会儿难吗？真扛不下去了吗？结果都是我还可以再坚持一下。承受力，从来没有最强的，只有更强的。增强的途径只有一个：经历。

别怕，你心里真正的阳光会带你走过阴霾，迎接更彪悍的未来。这样的经历，同时也培养了思考、总结的能力。不知道这算不算记者的基本功，要写出不丢人的文章，就要提问挖得深，就要在对比、思考、分析之后用客观事实摆出你的观点（这曾经是做记者最吸引我的地方）。思考和总结，最终都由你的文字呈现给社会大众，也许这个比喻用在这里不见得完全合适，但"台上一分钟，台下十年功"，没有一定的积累，只能捉襟见肘。

我不知道这次惊悚的职业变动是否能算得上知错就改的创新行为，但几个月后，尽管用主编的话说我终于成为了"业内人士"，我意识到自己真的不想待在北京，不想做我真的一点都不关心的房产新闻，我决定辞职离开的时候，就应该算是知错就改的创新行为了。

老爸常跟我说：你别怕，犯错很正常，谁那么聪明，错了就改，反正还年轻。

我就真这么横冲直撞了快三十年。有人觉得我疯狂，其实我真的只是，知错就改，找一条真正属于自己的路。

很多人问我，龙龙你为什么有那么多朋友，会因为你绕道来成都，会因为你抱着个 Ipad 苦找两个小时就为突然出现在店门口给你一个惊喜，会因为你要开店邮寄来自己的幸福宝贝和故事让你守护他们的幸福？

坦白说，我真的不知道，我所做的，不过是真诚待人、认真生活，即便只是一面之缘，我们也努力走进彼此生命，留一个深深的脚印。

我很感激，每一个遇到的人，谢谢那些快乐、悲伤、遗憾、后悔、绝望，因为有了这一切，才有现在的我。

看见了吧，我真没有专门去训练这些，只是在认真做事的过程中，它们就出现了。你现在的工作也一样，如果它仅仅是一份工作，你大约只是为了多少钱为它卖命，但如果你发现无论这个工作是什么，你都在为梦想积蓄能量，生活会不会有一些不一样？

每一天，都不是白过的。你以怎样的方式度过，不远的将来，你就会收获属于怎样的生活。

二三十岁，开间幸福小店

才华的问题，就无须赘言了。客人们一致认为我最大的"优点"就是忘性太好，常年丢手机、丢眼镜，是个二到家的老板娘。可我还是在学钢琴，从最基础的五线谱识别、哈农指法开始练习，一方面是觉得想学，另一方面是觉得在自己满心欢喜的梦想小馆儿里弹钢琴是一件无比惬意的事，就算时常被批评弹错了，时常让人手捂耳朵说"老板娘你快别练琴了"，我也乐得开心。

没有才华，就做个小小快乐的普通人好了。也许，这就是我的魅力。

评估一下自己基础的能力：

认真专注度	你最认真专注做的一件事是?	成果?
沟通交际能力	你觉得自己如何?	比如?
思考总结能力	你最认真专注做的一件事是?	成果?
开放的学习心态	你最认真专注做的一件事是?	成果?
组织、掌控现场能力	你最认真专注做的一件事是?	成果?
知错就改、创新力	你最认真专注做的一件事是?	成果?
心理承受能力	你最认真专注做的一件事是?	成果?
人缘	你觉得自己如何?	成果?
才华魅力	你觉得自己如何?	比如?
如果不满意,你的计划是?	你最认真专注做的一件事是?	成果?

你可能遇到的意想不到

MAY ENCOUNTER
UNEXPECTED

都说要有计划，才能以不变应万变，也有说只要有一颗热忱的心，再奋力坚持，就可以实现目标。有意思的是，生活之所以奇妙，就因为有太多的意想不到。意想不到的惊喜总让人喜上眉梢、心花怒放、神清气爽，而意想不到的麻烦却总是让人措手不及、乱了阵脚，甚至马失前蹄。

所以这一节要说的，是些过程中可能会出现的意想不到的状况，你就当我在打预防针吧。

资金。没有钱来做帆，梦想的小船难以启航。同样的，行驶过程中，帆不稳固牢靠，小船可是有翻船危险的。还记得最初提到的生存期吗？在你了解市场、跟市场磨合的过程中，连续几个月的持续赔钱不仅大大影响你的奋斗激情，也会让你的钱包越来越瘪，直至难以维系。亲爱的，这可真不是开玩笑，如果遇到一个出尔反尔的房东，各种关于"物价飞涨"的传说就会变成说涨就涨的房租；如果由于市场调查没有做好，购买的设备或原料出现问题，那就是另一笔意料之外的开支；还有一种最可能出现的情况，就是你最初设定的生存期过短，或是你计划的度过生存期的方法并不奏效，导致你预留的资金不足以度过那段痛苦的时间段——这个时候凸显的资金问题真是会让所有的心烦意乱全部加倍放大。

幸运的是，通常遇到资金坎就是走至谷底的标志，如果能够扛过这一关，你就可以度过生存期进入稳步发展阶段。

房。如果不是自家房产，就会涉及到可能的危机，有可能出现的情况是，房东要收回或者卖掉房子。无论经历其中哪一种，对于交着房租开家梦想小馆儿的你来说，都无疑是晴天霹雳。各种委屈、悲伤、愤怒、绝望的情绪之后，解决问题才是根本，所以，研究一下出现这种危机的原因在哪里，对症下药吧。

如果房东因为家里缺钱，需要变换房屋所有人，就请旧房东介绍跟新房东认识，确定租房可以继续，改签租房协议。

如果房东要收回房子由自己或家人来做生意，先询问是否有协商可能，紧接着要求多一些时间给自己调整，想办法多要一些装修费等相关的补偿费用。

如果因为到期后房租价格浮动较大，难以接受，这就需要双方协商了，总能找到一个大家都可以接受的价格。如果不行，请参见上一条，提前想办法。

大多数情况下，租房的时候可以大致了解下房东的基本情况，比如房产有几处、家庭成员关系是否稳定等，这也可以避免租房的变故和风险。另外，房东也是个合作伙伴，希望双赢，所以平时跟房东的关系也要留心维护，努力建立坦诚、友好的合作氛围，便于交流。

供货渠道。关于这一部分，前面寻求合作伙伴的环节已经提过，这里就不再赘述。如果可以确定一家供货渠道并且有长期顺利的合作，自然最好，但千万要让自己有备用的合作伙伴可供选择，以免因为断货而导致经营受影响。温馨提示：淘宝是个好工具。

人员。这个大约是比上面更容易出现的危机，提供的解决办法有如下：

培养你自己成为多面手，可以随时顶上各种职位；有固定的兼职队伍，以供调配；询问有兴趣的顾客朋友，是否愿意尝试兼职工作。

除去以上治标不治本的方法，你要做的，是知道自己需要找什么样的人；坦诚沟通和职业化的工作氛围，对事不对人，帮助其成长；

合适的薪酬待遇，如果这个人值3000元，就付给他3000元，而不是只给他2500元，再招个500元的兼职完成其余部分。

环境危机。前面提到的几个都是梦想小馆儿本身可能遇到的危机，所谓环境危机，指的则是小馆儿外部环境造成的不利于小馆儿经营的问题。当然，有可能是有新的竞争对手出现，也有可能是意想不到的干扰因素，甚至存在故意捣乱的可能——这就是为什么之前店面选择的时候，需要考察周边的环境。

还要说的，两句话：相信你自己的智慧，见招拆招。第二句，问题多，解决问题的方法更多，加油！

最后想要跟大家分享的是，很多人遇到意外，会习惯性手忙脚乱、丧失信心，这是很正常的反应，可以试着深呼吸，接受情况变化的事实，再问自己一句："真的撑不下去了吗？如果还可以，我还可以做些什么尝试？"我真心觉得，这些危机都是来锻炼你的，让你更有竞争力，更能够坦然自若面对可能出现的更大变故，成长为一个真正可以担当的人、成熟的人。

HERE COMES MY STORY

每次写到这种话题,我怎么都隐约有种翻黑历史或者撕开旧伤口的感觉?呵呵,如果这些能够给你带来启发和帮助,就是值得的。

先说资金。我从小就跟钱犯冲,凡是跟钱有关的东西,我都会记忆模糊,无法计算。尽管最初我将咖啡馆的生存期列为半年,但手头经费只够我撑过 3 个月,这也就是说,如果我在 3 个月后没有实现收支平衡,就可能出现资金漏洞。结果呢?尽管每个月的营业额都有所提升,但我还是过高估计了自己的能力,3 个月不足以让我实现收支平衡。怎么办呢?

作为当初每月最大的开销,房租,幸好,房东一直对我印象不错,于是有机会跟房东商量暂时月结房租以节约流动资金,好在房东并不缺钱,答应了我的请求。同时,开源节流——还好我是培训师,还好我可以写些稿子。为了争取到更多的钱,哪里顾得了考虑要还是不要接这个活儿,只能抓住每一次机会,然后将辛勤劳动换来的钱继续砸在小馆儿里。最后的最后,呵呵,我也没能靠自己撑下去,从好友那里借了两万块过来应急,才挺过第 4、5、6 个月。到第 7 个月的时候,小店终于实现了收支平衡,我悬着的心才放了下来——终于,这所有的一切,值了!

房。我幸运地遇到一家收入稳定、较能体谅人的房东，没有发生过租房危机，到目前为止也未涨价。（但我的直觉告诉我，当这本书出来的时候，房租是必然要上涨的。）

供货渠道。前面的教训里面已经分享了部分内容给大家。我断过货，也高价进过货以保证经营，事实证明只要不慌乱总有办法，最糟糕的状况也不过是某种产品缺货不卖。经过一段时间的调整，现在我的咖啡豆有固定的供应商，牛奶等配料有固定的供应商，咖啡机维修则有另一家，合作大致愉快。

人员。这是我至今仍在摸索的问题。

Yoyo 的特质已经在帮忙开店的时候得到了极大发挥——空间布置、动手能力，以及她的经营建议等等。因为她，"17 幸福 8"才能很快成为一家可以营业的咖啡馆儿。但走入运营阶段，很多问题逐渐显现，最大的分歧莫过于为了让这家店尽快度过生存期，Yoyo 的建议是开发更多产品，准备时下最火热的桌游等产品（因为当时每天几乎都要因为不接待桌游而赶走一两批顾客），我却要继续坚持店里积极、安静的氛围。没有生意冷清的下午，确实很难熬，如同当时 Yoyo 很认真地跟我说，你要做出改变，不然这个店根本活不下去，我仍然选择固执地坚持，以往很多复杂困难的问题没有难倒我，这次也同样是，我只是还没有找到更好的办法。时间会证明一切。也许是渐渐让 Yoyo 失去了信心，也许是刚巧她原来的工作单位装修完毕可以回去上班，2011 年 7 月底，Yoyo 离开了。

因为经常要外出培训挣钱，所以小爱在 2011 年 5 月来店里兼职，这个表面上看起来天然呆的小朋友做事认真负责，如她所说，她就是喜欢这种文艺范儿的店，天天泡在里面。我们一起度过了愉快的 3 个月，直到她 7 月底忙完毕业的事情后确定去厦门流浪，临走前送给店里一本手绘的可爱菜单，还有一句：我会回来的。

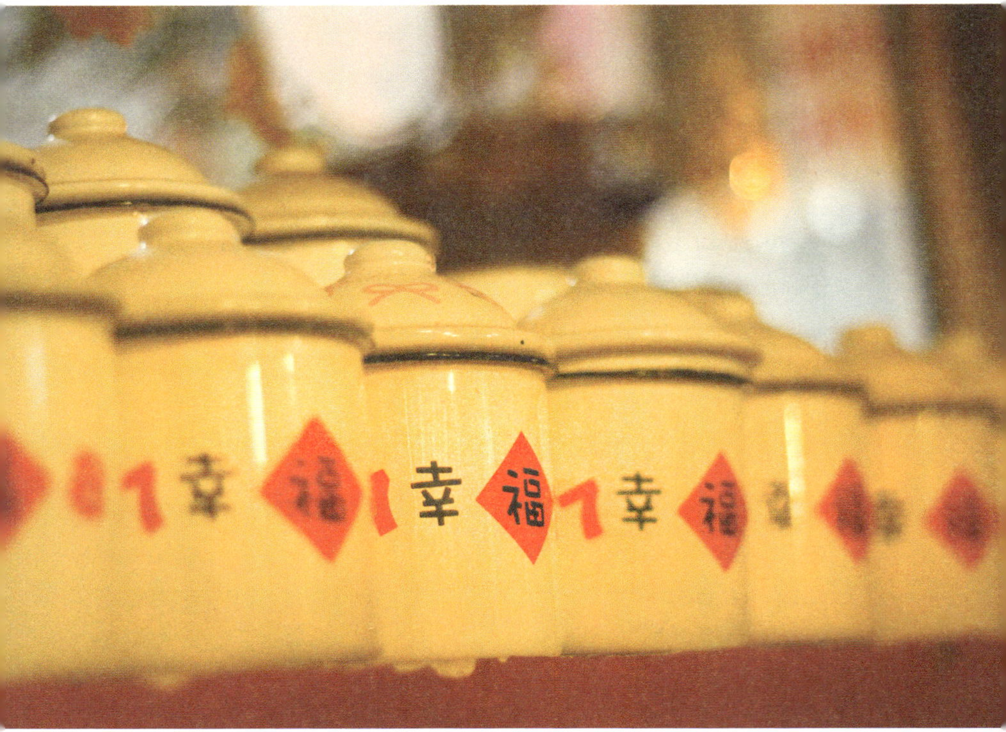
幸
福
幸
福
幸
福

3 个月之后，她真的回来了——你懂的，要看很多美丽的风景，要遇见很多有意思的人，用双脚行动是一种方式，但并不是唯一一种。归来后的小爱并不习惯，店里颇浓的文艺气氛变成了时而安静雅致、时而热闹开心，再次上班一个月后，分享工作报告的时候，她说，她刚开始很不适应，但仔细想了一下，觉得现在这样更像一个家，更有生命力，她喜欢现在的焕发活力的店。轻松融入其中的她，这一次，被大家授予"太阳神"和"三口组组长"的称号。可惜的是，出于职业发展规划，2012 年 3 月小爱再度离开了。"这里是我很重要的一个家，感觉累了或者疲惫，我会回到这里，就好像充足了电，可以继续在外拼搏。"临走时她这样说道。

尽管不再在店里工作，Yoyo 和小爱现在也是运用微博关注着小店的生意进展情况，偶尔回店里看看，聊聊近况，煮几杯咖啡来喝。

她们走的时候店里怎么办？

是的，2011 年 7 月底小爱离开到 10 月份回来，再到 2012 年 3 月小爱离开，店里大多数时间都只有我自己。会有点忙，但其间有很多客人都会帮忙，帮忙去超市带东西，帮忙递水点单，帮忙每天关门搬回店外一大堆摆设，以至于电视台记者来采访，都觉得这是一家"自助助人"的咖啡馆儿，老客人帮助新客人，每一个人都在付出，都在用这种方式感受幸福，甚至有时候我外出有事，也是客人在店里看店，只卖柠檬水。

也许这才是我们家的特色。我就是那个一直在那里的家庭主妇，平常上班的朋友周末会回来看看，回到成都的朋友也有个地方可以回来说一句，嘿，好久不见。所以，目前，我需要的是兼职的朋友，其余时间，我在，就足够了。

环境危机的问题，我应该算是比较悲惨的遭遇了：开业三个月后，对面的服装店改成了一家桌游为主的水吧加酒吧，开业就弄了一个双人秋千、及腰簏笆放在门口吸引眼球，气场强劲—— 我们火速定制了白色桌子蓝色邮筒，进一步强化我们家梦幻温

暖的希腊风格；几个月后，隔壁的房间被某间音乐学校拿来做钢琴、古筝练习室，噪音可怕——我们调整了店内音乐类型，声音调大，

为分享活动准备了扩音器，让现场每一个人可以听清楚主讲人在说什么；楼下都是吃的，所以难免会有饭香味儿飘进来，影响店里氛围——我们常年准备檀香，在必要时刻也用虹吸壶煮咖啡，让店里有让人舒服的味道，制造"这里真的跟外面不一样"的感觉……

这些抗争都应了那句话：只要有问题，就一定有解决问题的办法。以后一定会有更多意想不到的问题，但我相信，我们会找到应对的方法。

你准备好迎接那些意想不到的危机了吗：

如果你缺钱，你有如下几种途径为自己争取到钱和时间，每一项的优劣分别是：

你的房在短期内稳固吗？你打算这样跟房东相处：

你对供货渠道满意吗，如果出现问题，你有如下备选方案：

如果原来很合适的员工离开，你准备怎么解决人员危机：

周围可能出现怎样的环境危机？如果出现，你准备如何应对？

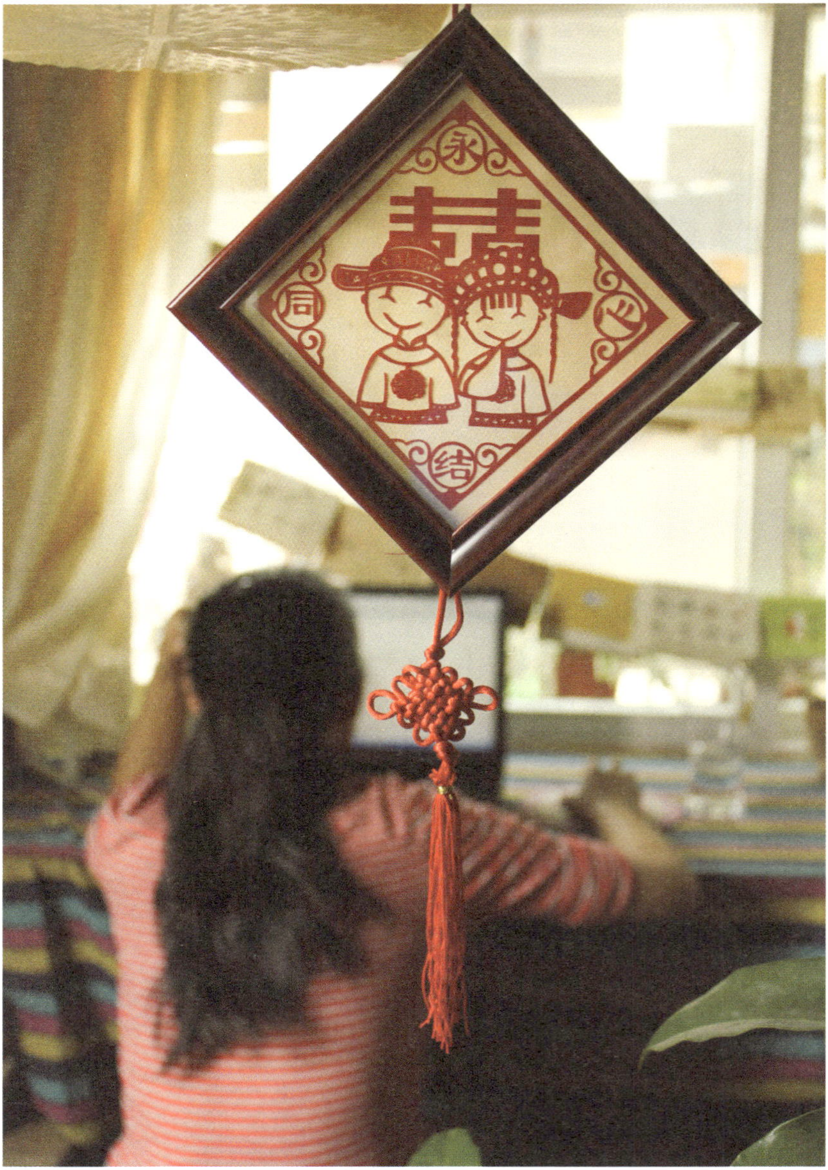
永
同
结

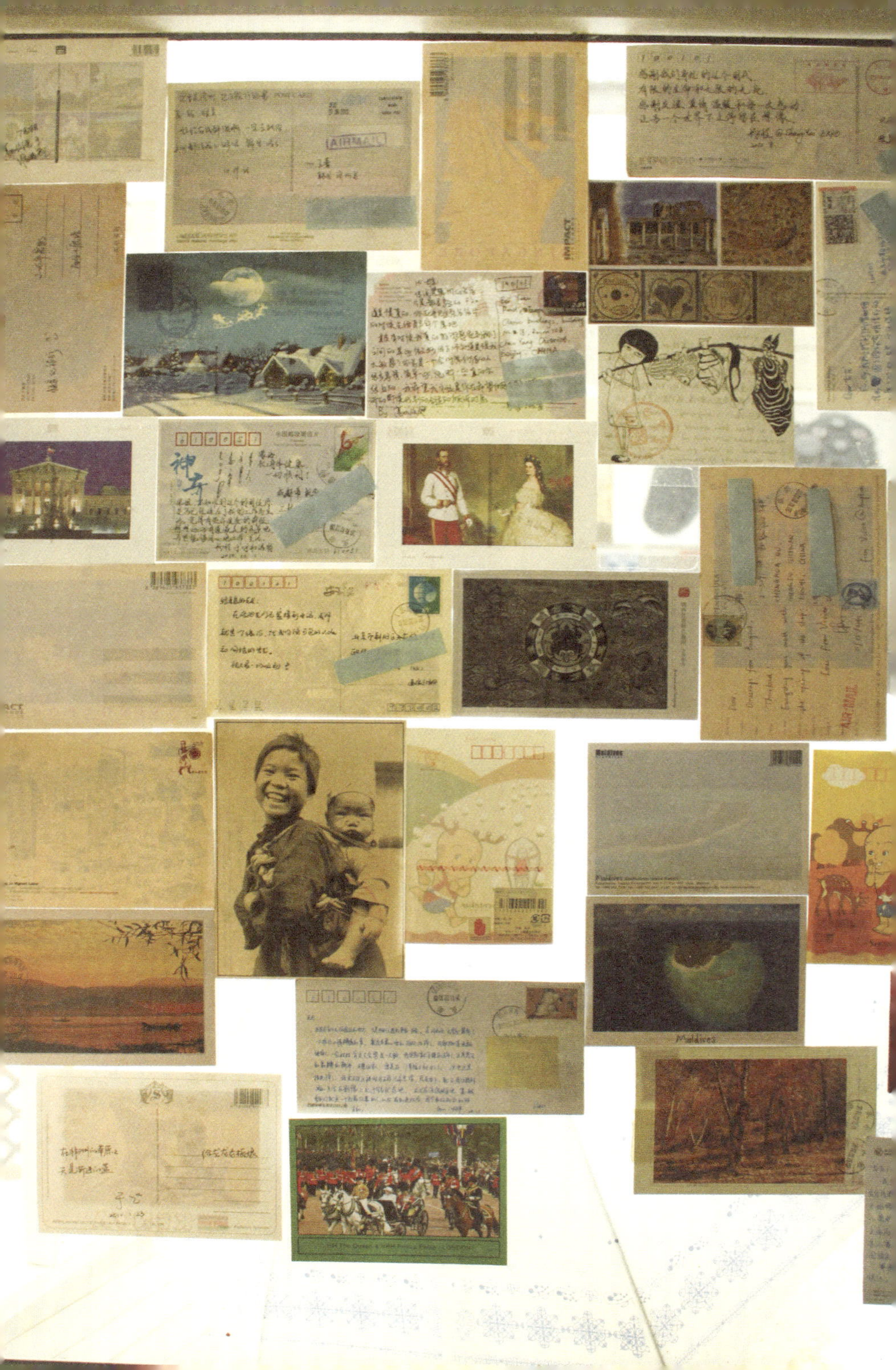
AIRMAIL
IMPACT
Maldives

第七章

彷徨时想想为什么坚持到了现在

追逐梦想本不是一件易事,经营一家梦想小馆儿也同样,彷徨失落迷茫沮丧,都是偶尔会出现的情绪,只是每当这样的时刻出现,请想想:我为什么坚持到了现在。

翻阅最初简单的设想、记录,看看店里一个个可爱并且充满期待的朋友们,这一切,都有着存在的意义。

磕磕绊绊，泪眼婆娑中终于完成了这部"长篇巨著"，感谢亲爱的你花时间听我絮絮叨叨讲出我的故事，我的教训，我的经验。希望这一切，都对你有所帮助，即便仅仅是让你学着微笑，学着停下脚步看看自己正在拥有的幸福，我也知足了。

既然我总在说，要大家行动起来，去创造一些改变，那从这里开始，我也来改变一下巨蟹座万恶的迂回性格，真诚地表达一下我的感谢。

感谢大熊猫先生，如果没有你，就没有现在大家看到的这一切，我还在努力往前走。

感谢我的两位好友，董莉和李春丽，谢谢你们照单全收我的抱怨、坏脾气，仍然给我最坚定的支持。

感谢YOYO、小爱，谢谢你们把青春的一部分选择跟我一起经历。

感谢这一年多以来遇到的每一位善意的客人，我喜欢听你们说"龙妈，在不，我们要回来看你"，或者是"赶紧回来了，今晚吃饺子"，七草、粘粘、梁媛、金城、牙齿、雅文、妙然、熊宝宝、露露、晨曦、潇洒姐、小绿、五花肉、红茶姐、博士、轩城、小婴、莎莎（还有好多写不下了的）……这里像个家，是因为有你们。

感谢这一年多以来给小店提供各种帮助的朋友，房东岳阿姨、联通的刘师傅、设计师小高、送货最及时的王涛、给店里做会员卡的江哥、四川省咖啡协会的秘书长汪凯先生、哈哈曲艺社、成都同乐健康咨询服务中心的各位同事们……

感谢那些远在天边一直在关注和祝福的叔叔阿姨兄弟姐妹们，陈太、OC、吕老师、马克、水泓、猫哥、黄山、林艺、陈伟、叶强、欣磊、一心、夫子、麦子、佳二、李楠、姜小光、一舟、领导、甘老师、MSIC 的各位前同事们……

感谢我的好友，滟明，没有你最初的鼓励，就没有这本书；还有我的编辑王蒙，谢谢你的理解，你的幽默，你的责任心，大家才有机会看到这本书。

还要感谢那些听说我的梦想就觉得不切实际并且一直持怀疑态度的人，是我想要的证明给了我坚持下去的决心，谢谢你们：）

谢谢王力宏，没有你、你的音乐、你的坚持，不会有今天奋力追梦的我，以及我固执的坚持。

最后的最后，感谢我的老爸老妈、干爸干妈，再一次容许我的任性和胡闹，给我的那么多理解，爱你们。

搞得自己都觉得有点煽情了。All right, let's stop here.

末尾借用涛哥一句话：为了我们更美好的未来！

继续播撒我们的幸福，大家加油！

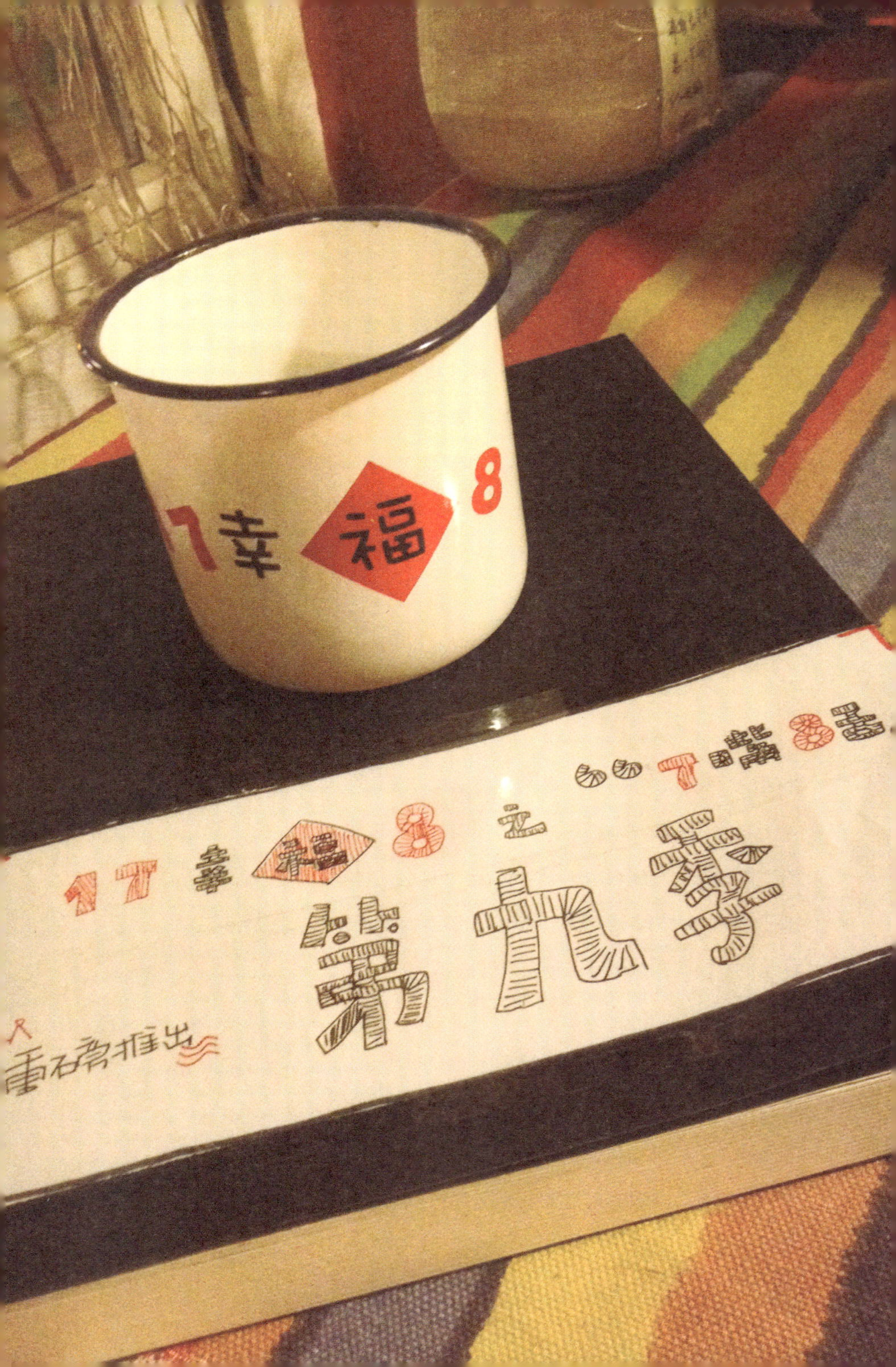
幸福8
第九季
重磅推出

"17 幸福 8"缘起

重点大学毕业的学生，女，既能穿着 T 恤、牛仔裤在街边吃大排档，也能身着礼服参加红酒晚宴，从莫扎特到梵高到李白到费德勒，从房地产到装修到公益到大学生，谈天说地向来都可以找到共同语言。毕业以后凭借着一直以来跟异性竞争练就的强悍气质，跻身于多人羡慕的单位里，做着一份还算体面的工作，辛苦却常有收获，可不知道是缺少安全感还是缺少安定感，总觉得游荡在这个城市，心里总也没底，身边也没个可以依靠的男人……是不是你也跟我一样？

睡到早上八点半，洗漱、吃完早餐去报社报到，开选题会，外出采访，见过某领导某主管某职员某保安某学生某围观群众某知名人士之后，回家泡一杯速溶咖啡连夜赶稿——这是我很长一段时间的工作状态。直到有一天，从首都奔到河北去踩盘的路上，看着来来往往脸上表情各异的人，我问了自己一个问题：为什么我非要待在北京？我待在这个城市是为了什么？

在我冥思苦想没有找到这两个问题的答案之后，一直漂泊的孩子想家了，因为排查一圈之后，最亲最想要珍惜的竟然是千里之外的父母，想要常常见到他们，想要常常听见他们的牢骚，想要经常吃到带着爱心温暖的家常菜……我决定回家！

惊愕地老妈愣了两秒之后唯一一句就是：你受啥刺激了，为什么突然 180 度大转弯？

亲爱的妈妈，我就是想回来被你们念叨了，等我办好了离职手续， 我想出去闲晃一下，调整一下长期疲累的心和身体，大约半个月后到家。

忙完手头的活儿，平静地跟领导提出离职，在众人"O"字形的嘴型中离开，跟姐妹们见面，送出跟了自己 N 久的物品，打包，装箱， 写上熟悉的地址。

改了微博签名，打开中国地图，发呆，出去玩加上出差，好多地方都去过，算算月光之后还能剩下的为数不多的活动资金，能去哪里呢？

龙龙有没有来过厦门？

还没有呢。

厦门是一个很美的地方，没有来过是可以到这里来闲晃的。

呵呵，来了你包吃包喝包住啊？

好啊，来吧。

那好，我就来厦门。

微博上发私信讨论的是大熊猫先生，在朋友的博客上相识，算是朋友的朋友，我的网友，认识三月来不痛不痒地聊过些完全不能让人有深刻记忆的东西，除了他的西藏行。

一直向往西藏的龙龙原本想要同行，无奈当时实在请不了假，就微博一路分享了大熊猫先生路上遇见的风景，美丽的羊卓雍湖，咸咸的酥油茶和小喇嘛清澈的眼神，羡慕嫉妒恨之外，我那个不安分的灵魂似乎在这时找到了一个窗口透气，大熊猫先生还为一向爱搜集明信片的龙龙准备了一路的风景，康巴、稻城亚丁、拉萨、波密，好不美丽！

至于大熊猫先生，姓名不详，年龄不详，职业不详，爱好不详，问过朋友，也只是一起去婺源赏过油菜花，接触不多但成熟、稳重、内心强大。唯一确认的就是，他是典型的厦门土著，深深地爱着那片生他养他的土地。

离职那天便开始隐身，实在疲于解释了，开始查机票。这样的决定是否仓促和疯狂，不知道，只是没来由地信任大熊猫先生，另外，想去看看厦门。

二三十岁，开间幸福小店

改了签名，搞定机票。飞到杭州，先赏西湖美景，再坐动车到厦门。"大熊猫先生，我××号到。"

"好的，到时来接你。"

一个人，一个装着我全副家当的大背包，两台相机，以及完全陌生的杭州。入住满陇桂雨附近的青年旅社，坐在悠闲舒适的小院里吃一份简单的午餐，租一辆自行车，拿着地图去游西湖。

苏堤春晓、断桥残雪、雷峰夕照、平湖秋月、三潭映月、曲院风荷、花港观鱼、保俶流霞、柳浪闻莺、满陇桂雨，两天纵然浏览不了穿越四季的西湖十景，但这一潭水实在让人心神荡漾，难怪苏公、白公都在这里留下了动人诗篇。向来习惯音乐随身的我，这一次将自行车停在湖边，静静坐着，听湖水拍岸的声音，听时不时飞过的鸟雀欢快的叫声，美得心醉，尤其那一湖开得正艳的荷花——如果以后生个女儿，就叫"如荷"好了。

同屋住着的是在北京念大学的上海人杨同学，一个一样喜欢明信片、一样酷爱传统书信的90后。杭州之行最神奇的，莫过于游览路线完全不一样的我们在孤山岛的西泠印社前不期而遇。这个世界，真奇妙。

第二天，去灵隐寺，传说求愿很灵，于是发短信给大熊猫先生，你想求什么?

就希望每一天都开开心心吧。

飞来峰造像,宏伟的殿堂,造型各异相当逼真的雕像,极旺的香火,千年古刹的魅力果真不一般,我诚心许下愿望:老爸老妈身体要健康,我要平安顺利,大熊猫先生要每天开心。

仰头,带上墨镜,神采飞扬地回到旅社,写杭州行纪。夜里游荡在清河坊街,看见一位阿姨在卖刻了字的小南瓜,说经过技术处理可以保存两年,一眼看到一个"天天开心",相当可爱,就当作给大熊猫先生的见面礼吧。

火车上收到杨同学的短信:你是个很好的人,希望接下来一切顺利。

下午两点,动车到达厦门,发短信:我到了哈。

我在火车站外停车,你等两分钟出来吧。

扛着我的大包,望着火车站稀里哗啦的人,究竟哪一个才是大熊猫先生呢?我穿红色运动背心,迷彩裤,背一个硕大的旅行包,应该很好认,你在哪里呢?

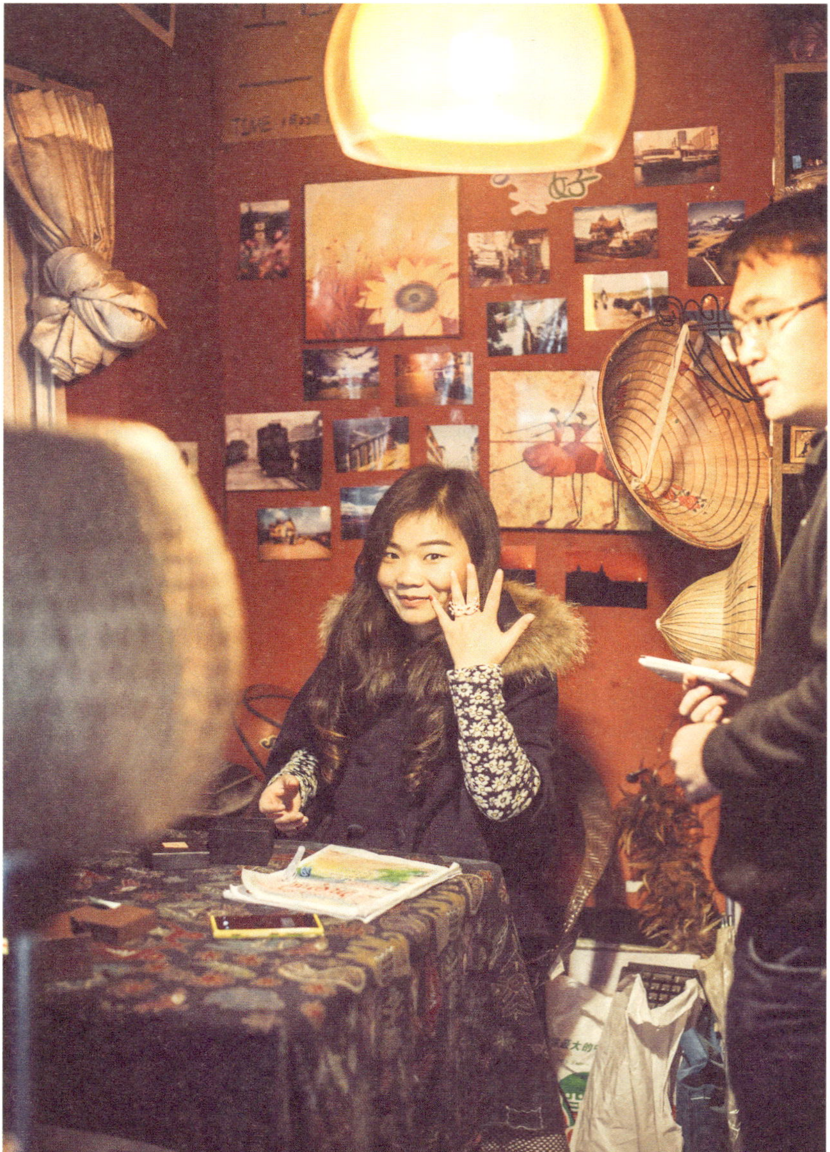

两分钟未收到回信，继续我的眼神搜索，大约三十米外有位带着白色运动帽、白色 T 恤的男性正在看手机，然后抬头寻找，他应该就是吧？果然，等他发现我，举起手机晃了一下，他就是大熊猫先生。

领着我停在一辆 BMW 面前，打开后盖，很绅士地帮我取下背包，说："在厦门这么多年，第一次到火车站接人，有点没找着，抱歉让你等了一下。一会带你去看看环岛路，那是靠近海边的一条路， 厦门其实和大陆并不相连，这也是一个岛，早年的发展就是因为独特的地理位置，还有跟台湾血浓于水的往来贸易和交流。"

我坐在副驾看他娴熟自如地开车，目光坚毅，取下的运动帽下偶尔可以找见几根白发，略微发胖的身材应该是这个年龄段里算很好的了吧。其实我早该想到他跟我们不是一个阶层，那些文字背后强大内心的支撑必然有着成功稳定的事业和幸福的家庭。

"这里是厦门大学，我们进去看看，改天你也可以过来慢慢逛，这是男生宿舍楼，女生宿舍楼在里面，这是当年鲁迅当国文教授时候就有的楼。厦门大学往前就是厦港，厦门最开始是一个很小的避风港，有机会你可以去仔细看看，里面有一家正宗的沙茶面，味道很好。中山路是厦门的一个商业中心和游览中心，老房子比较有特点， 都是二三十年代德系和日系的建筑风格，保留得还算好，对面就有轮渡到鼓浪屿。你看那边，远远的像小馒头一样的小岛，那就是金门。"他饶有兴致地向我一一介绍。

一路上,他有几个电话进来,时而普通话时而闽南话,缓慢而不容质疑。我扭头,一边看窗外湛蓝的天、蜿蜒的海岸线和一侧欧式风格的古老建筑,一边听他介绍厦门。

车停在故宫酒店。

"专门找了这个酒店,配合你北京来的身份,晚上我有事,接风的饭管不了了,说了我包住的,都安排好了,这里离中山路、海边都不远,你洗漱一下就可以出来逛逛。旁边有一家很地道的闽南热干面,晚餐可以先去那里解决,记得配一碗牛肉汤。"

在厦门9天,吃了肉粽海蛎煎烧仙草沙茶面等数不清的厦门特色小吃,逛了胡里山炮台厦门大学厦港鼓浪屿华侨博物馆中山路步行街集美学村万石植物园等等地方,见了很多热情友好的厦门人,难以忘怀的有风琴博物馆下午三点半的1912年制造的自动手风琴的欢乐表演,还有浸透着陈嘉庚先生心血和理想国期望的鳌园。一切的一切都让我不得不赞叹这一座又传统又开放的城。

那些在京城跟男人们一起打拼的"作战服"终于可以脱下,穿着我喜欢的手绣上衣、麻料裤子、绣花鞋走在厦门的街上,连旗袍也穿了出来,一个人的旅行,原来真的可以这样肆无忌惮。

其间，大熊猫先生基本上每晚会发短信问我第二天的行程，然后给些建议，比如附近还能吃什么、玩什么，鼓浪屿不必在岛上住，可以晚点回来住厦门，像个遥控指挥的地导带我逛厦门。我们见过四面：

第一面，某个中午刚好有空，过来酒店请我吃佛跳墙。

第二面，开车去植物园，送我去集美，三个小时后，来集美接我回厦门，说不好坐车。

第三面，他有合作伙伴到厦门玩，顺道带我去泡了下厦门的酒吧。

第四面，暴风雨来临前夕，送我到机场回四川。

除了小南瓜，还送了一本书，和一本此次出游记录手绘本给大熊猫先生，临走前，他问我："你的梦想是什么呢？"

"梦想？开一家自己的小店，有书有咖啡，给大家造个让心灵喘息的小馆，当老板娘。"

"真想吗？"

"真想，但是不现实。"

"下一步什么打算？"

"没打算，应该在成都，但不知道做什么。做选择，难，因为看不到选择后的前方；做决定，难，因为担心决定了无法承担后果。"

"好，路上小心，我下个月去成都，会见面的。"

一周后，在家里陪爸妈的我收到大熊猫先生发给我的微博："其实你心里有目标，只是觉得现实离目标太远，但是目标是你决定和选择的方向，理想需要脚步伴着前行，才能有希望尽可能接近直至到达目标。再难，都要走下去。走下去，其实也不难。想想你的店吧，具体些，等我来成都，咱们聊聊。"

"这是个梦，我现在没有那么多钱。"我回复道。

"你完善你的店的想法，等我来了聊。"

闲来无事的我去了成都有名一家茶店做服务生，无意中跟咖啡师成为朋友，聊人生聊咖啡聊年轻。人与人，有时只需要两三句就知道能不能成为朋友，有些人，即使相处十年，也未必能走进彼此心里。

大熊猫先生来成都出差，见面就是散步合江亭。

"我要开的店，要有暖暖的温暖人心的感觉，要休闲舒适，可以敞开心扉，可以有所感悟，可以见识另一片天地，可以找点自信找点信心好好生活，这家店的主题是幸福，有幸福秘笈 N 本，幸福宝贝 N 件，以及幸福故事 N 箩筐，拥有幸福的人在这里记录和分享幸福，还在寻找幸福的人在这里吸取能量，发现和珍惜幸福。"我说道。

"想法很好，可是有点太过理想，一个东西无论多么有精神，可也要先物质地活着，有什么办法多长时间能让它活下去？你再好好考虑一下，需要完善。"他鼓励我。

一人喝掉一瓶啤酒，这一次见面大约聊天两小时。

收到杨同学上海寄来的世博明信片，还有他花了一个下午跑遍中国馆各个省市盖好邮戳的小绿本，手写的信一封：

爱明信片的人都是理想主义者吧，因为想要抓住和爱上美丽的一切，时间永远不够用，如果有机会做想做的事，就该抓紧，你说呢？

如果这个店开不成，那也是为以后梳理思路，来吧。

完善，小店七大箴言，小店布局，小店特色，小店可以生存并发展下去的条件……

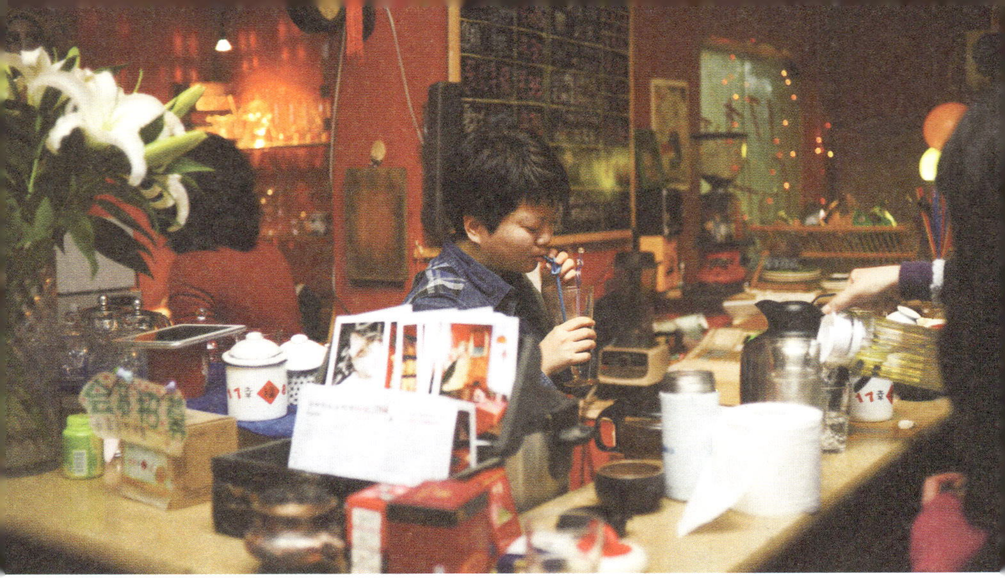

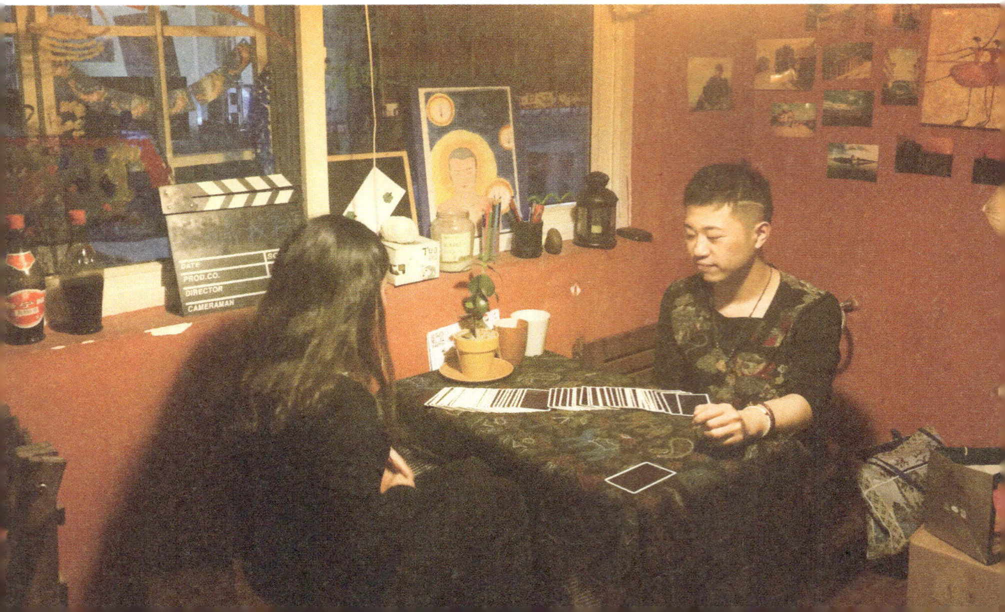
DATE
PROD.CO.
DIRECTOR
CAMERAMAN

二三十岁，开间幸福小店

嗯，小店初步想法有了，你现在需要的是做个预算，看看大致需要多少钱，资金投入的进度表是怎样的。大熊猫先生总是在邮件发出次日给出下一步行动指令。

嗯，这样一家店，你需要一个合作伙伴，需要有人跟你一起在店里，同时去找找合适的店面，要做店面分析。

咖啡师那日在说，想换个可以认真对待咖啡的环境工作；合江亭是整个成都最能感觉到幸福的地方，小店不能离它太远，川大一处商务楼二楼有店面出租，还不错，随邮件附几家店面的分析比对。

你还需要做一个调查，看看你的目标受众是否跟你想的一样，希望有这样的一家店，注意在设计问卷的时候要巧妙的问出你要的问题。

附件是调查问卷以及分析报告，事实证明，年轻人压力越来越大，对幸福越来越渴望，可幸福怎么就那么难找，如果有这么一个地方，大家会惊讶，惊喜，会欢喜。

好，算算你第一批资金大约需要多少钱，大约什么时间需要，账号发给我。

看到这封邮件的那一刻，前期冥思苦想、东奔西走看店铺，那些难以言说的辛苦瞬间被梦想实现的兴奋取代，这一切就要成真了吗？

周六早上，收到大熊猫先生的短信：有钱花啦：）果真。梦想起航。

谈店铺价格，签合同，找装修公司，满成都跑找材料，给全国各地朋友发幸福征集令，闲晃着的生活就这么结束了。摇身一变，我要当咖啡店老板了。人品爆发的结果是短短两周内不仅收到各位朋友同事的诧异，也收到大家包裹得像木乃伊一样的幸福宝贝和幸福故事若干，连离职前单位领导都发短信来恭喜：梦想女孩儿，你要好好加油，下月出差成都，人肉快递我的宝贝和故事给你。

正在梦想途中的人，是最幸福的吧？

大熊猫先生，仍旧姓名不详、年龄不详、职业不详、爱好不详，偶尔来小店看看，坐坐，给点建议。但现在，这家名为"17 幸福 8"的店活生生坐落在成都市武侯区红瓦寺街，川大小北门旁，低调而温暖，每日总有年轻人推开门来询问："为啥这家店叫十七幸福八？"

老板总会笑着对你说，念得不对，是"一起幸福吧"。

（写于 2011 年 1 月）

| 预见・幸福 |

每一家咖啡馆儿，总会有那么一杯招牌咖啡，而属于"17 幸福 8"的招牌，则是一款三色分明的冰咖啡——预见・幸福。每次给客人送上这杯咖啡，总会善意地提醒：要品味这杯与生活相关的咖啡，请用吸管，从下往上品尝，如你所见，它会有三层分明的味道，最佳饮用时间是二十分钟以内，中间那层会稍有点苦，请慢用。

不同的人，不同的口味，不同的承受能力。你懂的，有些提醒只需要一遍，听进去的人，自然听得进去。点了这一款咖啡的人，我总不自觉去观察他或者她喝咖啡的方式，无需言说，因为再美丽的语言和微笑其实都敌不过咖啡杯里留下的痕迹。

有些人，一口气喝掉底下草莓香甜的部分，中间苦涩的部分，只一口，就不敢再继续；有些人，喝到三分之二，敌不过苦涩，剩下三分之一杯，摇摇头，无奈离开；还有些人，喝完第一层，发呆两分钟，接着皱着眉头强把第二层喝完，然后一口气喝掉第三层，让吸管发出咕咕的声音。

杨同学则属于另一种，到店里仔细翻完手绘菜单，点下招牌咖啡，坐在窗边，心态平和地喝完这杯咖啡，临走时告诉你，最上层的奶油融合了草莓的甜香和咖啡的苦涩，是另一种甜蜜，很像蓦然回首之后眼里含泪的微笑。他说，他希望能在预见了幸福的味道之

预见·幸福

本店特色咖啡

奶油

不是遇见幸福，而是要你预见幸福的滋味。

初出茅庐的欣喜，前进路上的困惑，经历之后的蓦然回首，——品味。

咖啡

草莓牛奶

这是一款关于生活的咖啡。

后，真的可以遇见幸福。

说这句话的时候，杨同学第一次到店里。八月。搭车去西藏之前。

这世界上发生的事情，每一件都看似平淡无奇，尤其是人与人的相遇，但如果在相识之后回想，那些真正在你生命中出现过的人，其实在最初就是有点特别的。

认识杨同学，是在一年前的杭州。

要让长期疲累的身体和心灵得到喘息和释放，最好的方式莫过于旅行。不是行程颇满的观光旅游，不是完全没有目标的游荡，而是卸掉包袱之后，让轻快开放的心带领脚步，让眼睛看到不一样的世界。如果可以，一个人的旅行，会是充满惊喜的意外之旅。

杭州，对当时的我来说，就是这样一个地方。有点挑战的，是第一次，一个人的旅行，第一次，住青年旅社。

放下东西，西湖晃荡一圈之后回来发现，杨同学，是我的室友。这个长相憨厚的小伙子，跟我印象中精明的上海人有太大差别，可他偏偏就是个在北京念大学的上海人。

说到北京，说到相隔不到三公里的两所大学，似乎陌生感就少了许多。后来我才知道,这是他第二次自己出来旅行,他是喜欢收集明信片喜欢用钢笔写信的 90 后男生,他是个毕业就要去边疆驻守的国防生,所以要趁着假期多走走多看看。

说到第二天的安排,他计划早上骑游西湖,下午去看钱塘江,早到半天的我推荐了骑游西湖的几个景点,比如西湖博物馆,比如曲院风荷。至于我,准备先到灵隐寺看千年古刹,然后去品品龙井问茶。

本是不期而遇,也不想刻意热络。闲聊之后,我独自去了旅社的阳台喝酒吹风,三两花雕,配些小点心,倒也舒心惬意。回房间后发现新住进来一位西安阿姨,还有一位深圳来的 IT 精英,打了个招呼,就沉沉睡去。

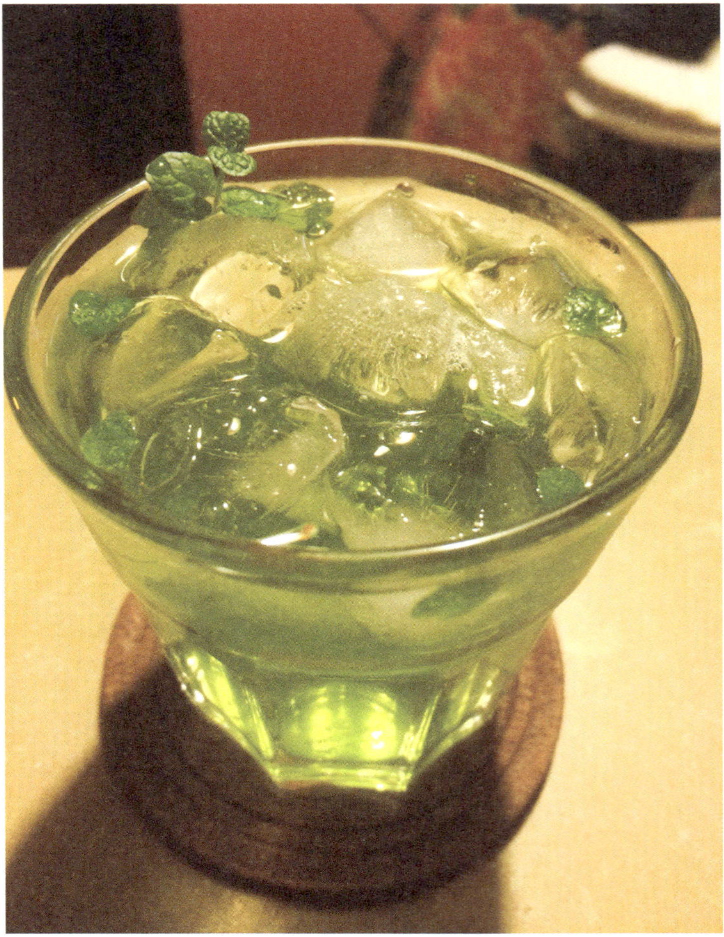

如果故事真如想象中发展，那杨同学和我的缘分也许就是那几句闲聊。可偏偏，在那个艳阳高照的八月末，闲逛的我，还有骑着车从桥上冲下来的杨同学，在西泠印社前不期而遇。偌大一个城市，每天几百万来来去去的人，两个原本都不会在这个时间出现在这个路段的人遇到，想不理解成缘分也很难。于是，小孩子一般欢呼雀跃，莫名就亲近许多，向来不爱麻烦人的我把懒得拿的明信片丢到杨同学车上，继续各走各路。

清河坊逛回旅社，已经是夜里十点了，杨同学兴奋地拿出明信片来展示：你知道吗，我进去的时候，西泠印社就要关门了，我拜托好久，才让那里的工作人员帮忙在明信片上盖章纪念，你看你看，西湖十景，可以好好收着。

第二天一早，我离开杭州。

一个多月后，在成都，收到杨同学寄来的包裹：一叠上海特色明信片，一本纪念册，一封钢笔写的信。明信片是一套世博纪念，一套水墨上海；纪念册上，是杨同学花了整整一个下午，跑遍中国馆里所有省市盖的纪念戳；一笔一划的钢笔字里透着认真和执着，说他很希望有一个远远的可是感觉亲近的姐姐，这样写一封信，平和而安心。

被人惦念是一件幸福的事。

找出久未用过的钢笔，铺开信纸，回信一封，道一声感谢，聊聊近期想法，望他保重。

又是一个多月后，收到杨同学寄来的挂号，两张尼泊尔明信片，一条内蒙古手工项链，一张古旧的照片，一封五页的钢笔信。信里谈到朋友尼泊尔捎回的明信片，他去内蒙古看到适合我的链子，还有，一个故事。

杭州分开后，回到上海，周末去看一个摄影展，被角落里一个脏兮兮小女孩的清亮眼神吸引——第一感觉就是这个丫头的感觉跟你好像，顺手翻拍下来，想再见面的时候送给你。

开学后，某天去上弗洛伊德精神分析理论，在走廊上跟一个女生擦肩而过，第一感觉是好像你！上课的时候发现她竟然跟我同一

堂选修课，坐在侧面的我第一次看一个女生看得这么细致，好像你，或者更准确地说，好像当时拍下来的那个女孩，心动的感觉真的这么美好。

后来有约姑娘一起吃饭看话剧，她也是四川人，她也是新闻系，她也爱好摄影，高中毕业那年她独自一人去了西藏。虽然现在我们只是朋友，但我觉得这是莫大的缘分，很感谢老天，我的世界突然就丰富多彩了。可有时也忍不住想，如果在杭州没有遇见你，我不会被那张照片吸引，不会对她似曾相识，我和她会有怎样的故事。

世间的事情，就是如此神奇吧。

能够有幸成为别人缘分的开始，也是一件幸福的事。

几个月后，收到杨同学的短信：姑娘要去台湾学习一年。我一直很动心，但始终没有把握，所以，还是做朋友比较好，只是想要在这一年，为她做一份别致的礼物，如果思念持续，等她回来，希望她能做我的女朋友。

准备送什么呢？

没有想好，寒假要去云南旅行，也许找个别致的本子，写点东西给她。

与其你写，不如让大家来写。

对，讲述我们的故事，让大家来写。

嗯，祝你成功。

年前，收到杨同学在洱海双廊随意拍下的美丽照片，还有他抑制不住兴奋的电话：你一定要来双廊，这里很美，很安静，值得过来走一趟，在双廊碰到很多很好的人，大家都有在本子上留言，写下名字和来自的地方，有一种很神奇的感觉，相遇，真是太美妙了。好好珍惜旅途上遇到的一切吧，享受过程。预祝云南之行快乐。感谢缓慢的中国邮政，陆续收到杨同学从双廊、丽江寄来的明信片。每一张都留下当时的心情，延迟的快乐也很容易被分享。

二三十岁，开间幸福小店

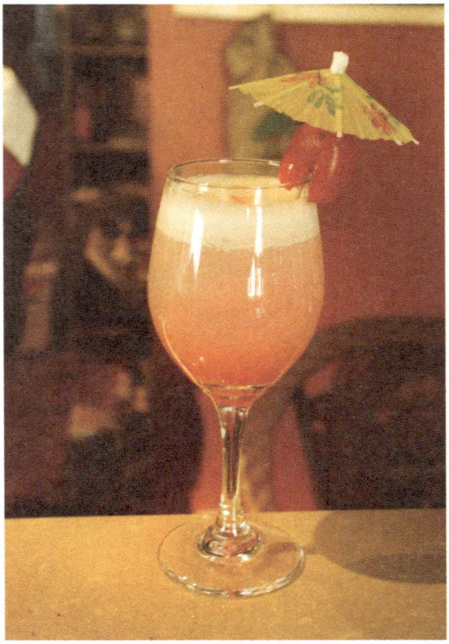

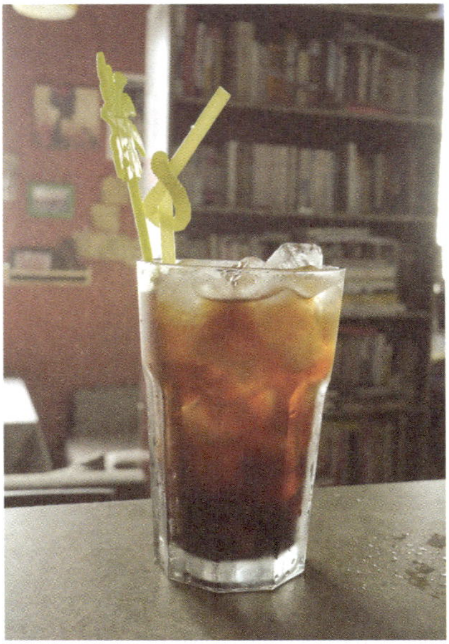

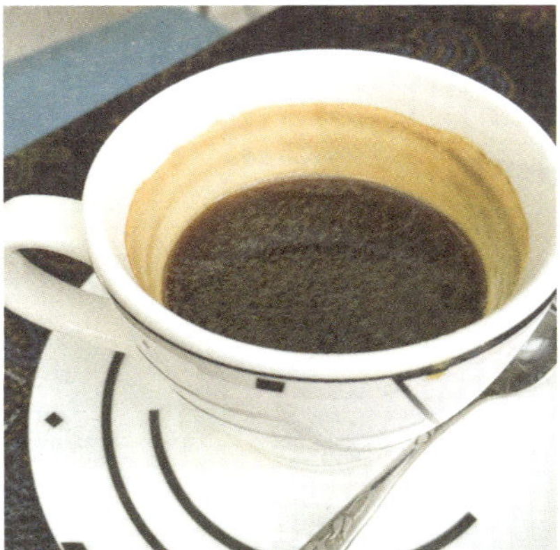

253　二三十岁，开间幸福小店

依旧偶尔的联系,却不再提及姑娘,他描述在连队的实习生活。七月里,来过一个电话,说他准备八月去成都,然后搭车去西藏,一个人。

你懂的,想说的时候自然会说,没有主动言说,是因为会伤会痛会迷茫。

有时候,朋友要做的,只是用行动告诉他,无论如何,我一直都在。

然后,一个平淡无奇的傍晚,几乎光头的杨同学,背着硕大的登山包,依旧朴实的微笑,出现在店里。What a big surprise!

拿出带给我的礼物,愉快分享背后的故事,持续的快乐在那本装载祝福的笔记本出现之后,立即涌来一片哀伤。他淡淡说起姑娘去了台湾,认识了一个对她很好的男孩,她说她想要毕业以后留在台湾, 她觉得那个他是真的好。

你怎么想呢?

看她吧,只要她觉得开心幸福就好。

真的吗?

还能怎么样呢？一切都会过去的。

坚持把这个本子写完吧，送出去。也许是因为她，你才有这样的想法有勇气真正这样去做，但过程中，你也收获很多，不是吗？有时想想，年轻时做过这样一件纯粹而疯狂的事，对自己来说，也是美好的记忆。结果，其实没那么重要，最关键的是，她开心。

恩，你也留个言吧。我还可以把这一年走过的地方，拍过的风景，做个相册，一起给她。

在杨同学参观店里的同时，我写下大段对姑娘要说的话，关于缘分，关于幸福，关于纯粹的真，关于珍惜。

如果是你，你也会想要看到一个让人欢喜的结局，并且，尽点心力，不是吗？

出发前，小朋友特意去一趟宜家，带来觉得适合店里用的烛台，桌牌。

我能做的，是递上一杯招牌咖啡"预见幸福"，同时送上一只"17幸福8"的杯子，一套小店明信片，希望好运能够跟着他，到拉萨，到幸福。

六天。杨同学坐过货车、卡车、轿车，从成都顺利到达拉萨，"17幸福8"的杯子出现在各个场景，杨同学说，它也骄傲地走过川藏线。

再相遇，再分别，再各走各路。他一直都有我的祝福。

中秋节的夜里一点，收到杨同学短信：我把破本儿和相册送出去了，最终还是和从台湾回来的姑娘在一起了，我真的觉得老板娘的咖啡馆是带有神奇色彩的，预见幸福，只要相信，就会来的，时间和等待而已，感谢所有的真诚与善意。

从心底溢出的喜悦，为见证这一段美好。

早说了，这是一款关于生活的咖啡，不是遇见幸福，而是要你预见幸福的滋味——初出茅庐的欣喜，前进路上的困苦，还有经历之后的蓦然回首，一一品味。

二三十岁，开间幸福小店

第八章

七年之后

七年的时间经过,会发生怎样的变化?

虽说不上斗转星移,物是人非,却眼见着一座一座高楼矗立,城市越来越大,也看着身边的朋友,从还在念书,到恋爱、结婚、生子,成为另一个生命的依靠。

生物学上说,每隔七年,我们身上的细胞都会变成新的,我们成为全新的自己。

《二三十岁，开间幸福小店》这本书从 2013 年上市到如今，也是七年了。这本书换了新颜，咖啡馆儿也在 2015 年升级成为"龙门院"工作室，脱下咖啡馆儿的外衣，专注于个人内在成长。

感恩我们以文字的方式相遇，这是我眼中快节奏生活里的一点浪漫，更感谢因为这条路、这本书，与一些人相识了，成为朋友，一同经历生命中的风风雨雨，相伴至今。

七年，过往那个傻大胆不会煮咖啡却开了咖啡馆儿的我，那个不知如何回应一个满眼发光的读者找上门来的我，也已经人到中年，没那么多尖锐的矛盾映在脸上了。

也许现在，才是恰当的时机，回答许多人的那个问题：为什么，在万千种可能性中，是咖啡馆儿？

每一杯咖啡 都穿越时空来遇见你

与其在茫茫人海中，找寻着那个为我们而来的人，感受因此而带来的"我"的别致感，不如找一家咖啡店，安静地坐下来，感受一杯咖啡带来的醇香与美好——每一杯咖啡，都穿越时空来遇见你。

当了解了咖啡的故事，你就知道：这不是一个玩笑。

我们时常听到的咖啡传说是这样的：大约在公元六世纪，一位埃塞俄比亚的牧羊人在放牧时发现，他的羊群都显得兴奋无比。充满好奇的他在认真观察羊群的行为和饮食后，发现它们食用了一种红色的小果子。

他采摘了一些这种果子，回家熬煮，不仅香气四溢，饮用之后还精神振奋、神清气爽——人类就这样发现了咖啡。

从最初，它就与提神紧密联系在了一起。我常开玩笑说：那当然，因为咖啡是世界上最拥有太阳能量的饮品。

咖啡果生长在咖啡树上，而咖啡树只能生长在南北纬 30 度之间的气候条件中，这是地球能够接收到太阳能量最多的范围，那些我们熟知的咖啡豆产地也都在这个范围内：巴西、埃塞俄比亚、哥伦比亚、哥斯达黎加、牙买加、印度尼西亚……还有我们的云南、海南、台湾部分地区。

同时，咖啡树生长还需要海拔在 500-2000 米之间，整年的降雨量需要达到 1500-2000 毫米，昼夜温差大、干湿季明显、土壤肥沃，并且在高温时需要多云，或有遮蔽树，它才能茁壮成长，雨季最好还能配合它的开花周期——它真是一个"挑剔"的家伙。

从幼苗到长成，通常情况下，咖啡树第三年才会迎来第一次开花，白色的花瓣、筒状簇拥的花朵紧密成列，散发淡淡的香味。

花开两三日便会枯萎，凋谢之后长出果实，挂在树上，慢慢从绿色变成黄色，再到成熟时变成红色，外观看起来就像樱桃。咖啡豆就包裹在这样的果肉之下，左右两瓣对称分布。

这个时候，咖啡豆才能遇见已经辛苦三年照顾自己的咖啡农们。由于日照条件不同，同一株咖啡树上的咖啡果也不见得同时成熟，因此咖啡农需要在一片比人高的咖啡树林子里小心观察，用双手取下成熟的果，一轮、两轮、三轮……避免咖啡果一旦熟过了就会变成黑色，落到地上成为损失。

被采摘的咖啡豆们还需要进入脱皮机进行脱皮，再通过日晒或水洗的方法进行处理，这些流程完毕后，它们成为新鲜的浅色生咖啡豆，进入世界范围的买卖市场，经过一级一级咖啡豆商人去到不同国家不同城市，不同的烘焙师手中。

每一位烘焙师再根据经验和自己对咖啡豆的理解，用自己的方式将它们烘培成熟豆，也就是通常我们所说的咖啡豆（深色，熟豆），再被送往不同的咖啡馆、咖啡厅、咖啡工作室，遇见每一位不同的咖啡师。

而每一位咖啡师又依据自己的经验和自己对咖啡的理解，用自己的方式将它们磨成粉，做成一杯又一杯咖啡，送到每一位顾客手中。

看起来，它就是平常你最爱喝的卡布奇诺，可每一杯咖啡，都是只能"一次性使用"。一株咖啡树，三年结果，可以挂果的时间大约只有十五年，此后产量就会越来越少，它的位置就会被新的咖啡树取代。而每一颗咖啡果，经过无数人之手的咖啡豆，都是唯一。

即便你不是在咖啡店饮用咖啡，而是像我一样直接在烘焙师那里拿到一手的咖啡豆，它也需要穿越千山万水来与你遇见。我最喜欢的塔拉珠，从产地哥斯达黎加到成都，直奔而来的话，飞行时间34小时，需要转机两次。

你说，这算不算一场伟大的奔赴，一场浪漫的相约？

真正爱咖啡的人，知晓这个过程，会尽力让它绽放美好（无论香味还是味道），见不得别人的不认真对待，也舍不得浪费——这来自大自然最有太阳能量的馈赠，咖啡一词，词源来自于希腊语"Kaweh"，意思就是"力量与热情"。

学着尊重与珍惜，是这一粒一粒咖啡豆教给我的，也是以往咖啡馆代班老板娘的团队小伙伴，称呼自己为"豆豆"的原因。

不见得每一个你都像我一样痴迷咖啡，但遇见的时候，识别它，欣赏它，感谢它，是每一个享用了它的我们可以做的。

没有最好　只有你喜欢　咖啡也是

你身边有没有这样的朋友，邀约他喝咖啡的时候，他会想也不想，直接皱起眉头，然后摇摇头：不喝不喝，太苦了——我母亲就是这样的人。

哈哈，真只有苦的话，谁爱喝啊？

虽然咖啡是舶来品，但作为入口的饮料，它跟茶一样，是新鲜采摘，经过加工而成，不同的产地有不同的口感特征，跟铁观音、龙井、普洱是一样的，喝习惯了的朋友们不需要看包装，都是可以喝出来的，并且可以区分好坏。

古人以茶会友，我们也可以以咖啡会友，没有本质差别。"猜一猜，今天我准备的这杯咖啡来自哪里"，是喜欢喝咖啡的朋友们之间一场有趣的猜谜游戏。

那么，我的"猜谜经验"分享就要从先区分咖啡豆和咖啡的大分类开始。

咖啡豆的大分类有两种，阿拉比卡豆（Arabica）和罗布斯塔豆（Robusta）。

前面我们说过咖啡树是个挑剔的家伙，阿拉比卡种的咖啡树就是"挑剔公主"——它们需要温和的白昼和清凉的夜晚，太热、太冷、太潮湿都是致命打击，需要种在高海拔的倾斜坡地上，种植、采摘难度都比较高。正因为如此，阿拉比卡豆的香味绝佳，味道均衡，咖啡因含量少，是我们通常点单的咖啡豆，价格较高。

相比之下，罗布斯塔种的咖啡树就像是平民了，平地栽种就可以，耐高温、耐寒、耐湿，甚至不怕霉菌侵扰，适应性极强，采摘也可以完全用机器进行。从栽种上来讲，可以说非常方便，但罗布斯塔豆香气差、苦味强、酸度不够，咖啡因含量高，常常用作混合调配或速溶咖啡之用，价格较低。

我们常常可以在一些咖啡店的门口或者墙上的装饰里看到"100%Arabica"的字样，就是为了告诉你咖啡的品质。

值得细细品尝的，是不同种类不同级别的阿拉比卡豆。

咖啡的类别，如果根据菜单，用我们直接可以喝到的咖啡来分，有单品咖啡、意式咖啡、花式咖啡三类。

单品咖啡最容易理解，绝大多数以咖啡豆产地命名的咖啡豆属于这一类：巴西、哥伦比亚、曼特宁、耶加雪菲、危地马拉、牙买加、肯尼亚等等，云南咖啡等等。这类咖啡通常不与其他品类咖啡豆混搭,都是单杯某类别黑咖啡端上来,额外配备糖和奶,供你自行添加。

意式咖啡,是利用高压水蒸气快速通过咖啡粉萃取的咖啡,是所有花式咖啡的基底,标准量是1盎司(27毫升),小小一杯,口感浓烈,同样需要自行添加糖和奶。

相比这两类看起来"黑黑的"咖啡,花式咖啡就更容易被大多数人接受。它是在意式咖啡的基础上,加入牛奶、奶泡或其他调味品(糖浆、可可酱等),有不同比例、色差、味道的咖啡。通常我们说的卡布奇诺、拿铁、摩卡、焦糖玛奇朵等等都属于这一类,而那个奇葩的美式咖啡,因为是意式咖啡加了水,所以我也倾向于把它放在花式咖啡的范畴。

说了这么多,其实就是一个事实:咖啡也有一个小世界,里面有很多很多咖啡,甚至它们之间差异巨大,我们除了说阿拉比卡豆比罗布斯塔豆好(好喝)以外,无法说谁更好,谁最好。如果过往一款或一个类别咖啡的挑战让你觉得难以接受,但因此而放弃了与这整个咖啡世界的相遇,岂不很可惜?

也许,你也会跟我身边许多朋友一样——不仅体验到遇见真爱的感觉,找到自己喜欢的咖啡,还因此走入五彩斑斓的咖啡世界,收获随时都可以补充的太阳能量:)

我这里有四把"钥匙"供你使用：醇厚度、酸度、苦度、甜度（回甘），因为每一杯由咖啡豆组成的咖啡都是这四个维度的综合体。

醇厚度，是指咖啡入口之后的均衡感，是同种口感的合一，没有杂质。

酸度，能够让人接受的独特果酸，带来清新、提神的口感效果，清澈；主要依靠舌头两侧感知。

苦度，能够让人接受的苦，与酸搭配，却依旧清晰的苦，重点是，苦而不涩；主要依靠舌根感知。

甜度（回甘），咖啡下咽后，喉咙处出现的回甘，如果感觉不明显，可以在饮用咖啡后，试着饮用白水，甜度会更加明显。

同时，我建议你从单品咖啡开始你的找寻之旅——既没有意式咖啡的浓烈，也没有花式咖啡的混杂，它的单一、风味明显恰好是最好的帮手。

相信我，一段时间之后，被激活的，还有你的味觉！

当你对自己喜欢什么口味的咖啡有了大致了解之后，就很容易在这个基础上找到喜欢的花式咖啡了。比如我，不喜欢甜度大的，喜欢苦度大于酸度的，在选择花式的时候，会优先选择卡布奇诺，而不是甜度更高的焦糖玛奇朵、摩卡，不用花费时间精力做无谓的尝试和挑战。

从懵懂、一无所知，到逐渐了解，放下寻找那别人眼中最好的，坦然选择自己喜欢的，并带着这个喜欢，开拓新的世界——这整个过程，仿佛谈了一场收获颇丰的恋爱。

与你相恋的人也许会离开，但咖啡不会，如果可以，它会与你相伴一生，给你可以随心的安全感。

COFFEE

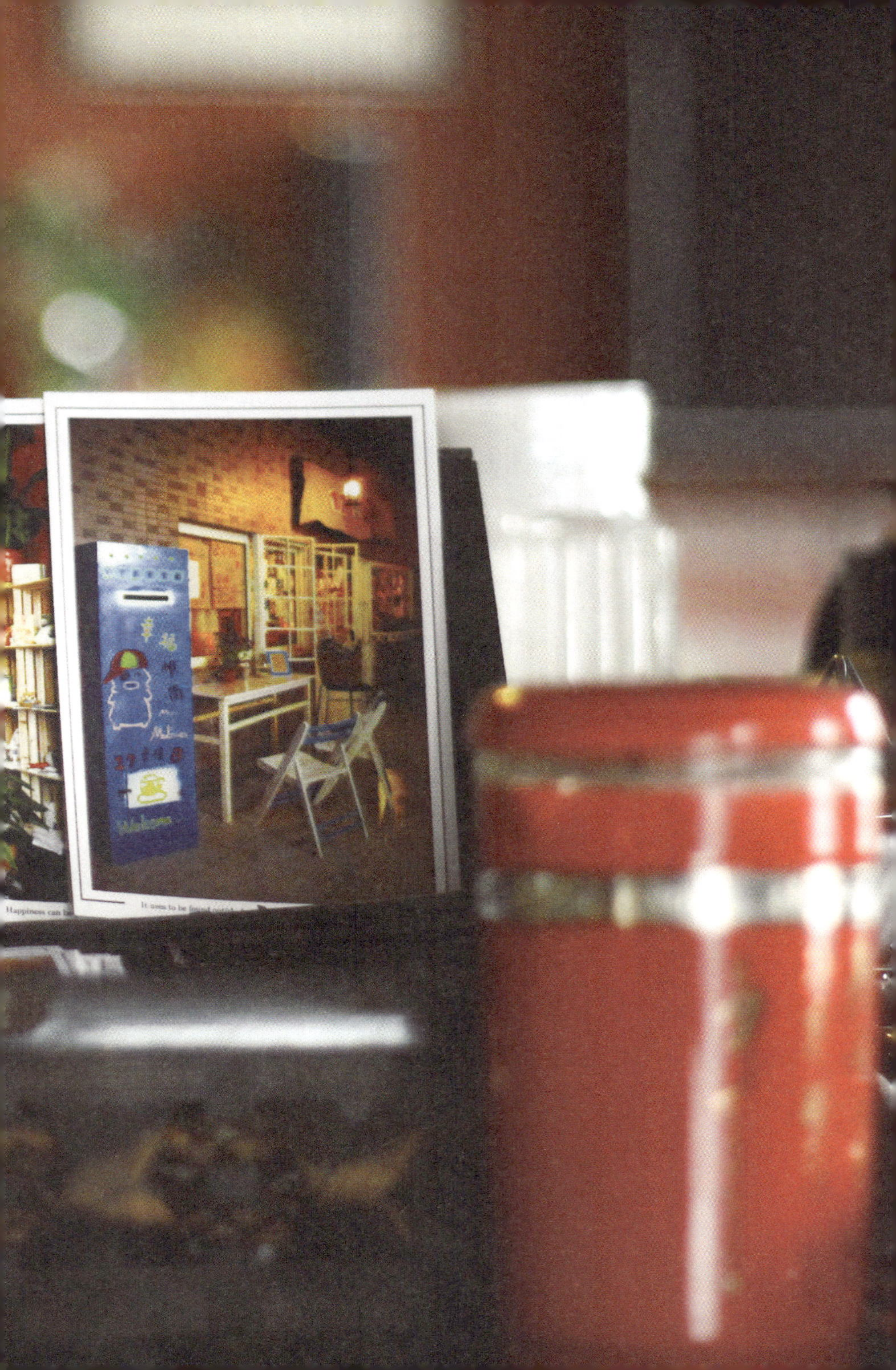

重要的是　在心里留一个咖啡馆给自己

有一件很神奇的事：

如果你问年轻的男生女生，不考虑收入生计，他们最想做的事情是什么，有许多人会回答说，要开店，而在花店、蛋糕店、玩具店等等店之中，咖啡店往往是最多人选择的。

更神奇的是，你如果要问 Ta 为什么？

Ta 往往都说不清楚究竟是什么原因，只能朦朦胧胧给你营造一种感觉，加上一句：总之就是，咖啡店，你懂的吧。

咖啡店究竟有什么魔力？

推开门，扑面而来的咖啡香，这里的灯、墙上的画都经过精心设计，呈现出同一种风格，沙发、绿植营造出一个又一个分区空间，坐着不同的人，阅读的，盯着电脑的，跟朋友轻声交流的，安静而美好，吧台里时不时传出磨豆子的声音，咖啡师带着围裙，正在认真地煮咖啡，有节奏感的音乐回荡耳边——是一种自由的精神氛围，还有在这里会发生的种种可能。

与文化相连，产生交流，不是买了东西就走，所以，一些人更愿意用"咖啡馆"来形容这样的地方，人们来，不止为产品，还为氛围。

这就与其他的店不同了。

（哈哈，我也是这么认为的。）

其实，早在咖啡馆诞生最初，它就已经拥有这样的魅力了。

16世纪，因为宗教原因（伊斯兰教禁酒），咖啡馆陆续出现在麦加、君士坦丁堡及周边城市，从下棋、闲聊、唱歌、跳舞等成为当时的社交和文艺创作中心，又很快成为洽谈生意的场所，甚至一度成为政治辩论中心。奢华的装潢是这一时期咖啡馆的标志，那里的人们逐渐养成了喝咖啡的习惯。

16世纪末，咖啡以"伊斯兰酒"的名义通过意大利开始进入欧洲，被天主教人称为"魔鬼饮料"，不受待见，直到教皇克莱门八世品尝和祝福后，才开始在欧洲逐渐普及。

17世纪，咖啡馆在英国、奥地利、德国、意大利遍地开花，一方面成为当地社交中心，另一方面也成为文艺复兴浪潮之后文艺创作、观点碰撞的地方，尤其是法国——不止法国大革命是在咖啡馆里策划的，塞纳河畔大大小小的咖啡馆里活跃着一个又一个影响世界文明进程的灵魂：莫奈、毕加索、海明威、萨特、贝克特等等等等。

这些真真假假流传的各种故事，成为后世人们对咖啡馆的主要想象来源，甚至如今游走在塞纳河畔，也忍不住要去找寻一下传说中赫赫有名的"左岸咖啡馆"。

这一时期，咖啡馆的最大的特征就是充满了文化和艺术气息的：文艺。

中国的第一家咖啡馆，诞生于19世纪的广州十三行附近，老板是丹麦人，主要的顾客也都是因为贸易出现在这里的外国人。嘉庆年编纂的《广东通志》中《物产·谷类》记载："有黑酒，番鬼饭后饮之，云此酒可消食也。"这里的"黑酒"，正是咖啡。

鸦片战争后，更多的咖啡馆在租界出现，帮忙洋商人打理生意的华人也越来越多，他们开始模仿洋老板的生活方式，接触咖啡。

民国时期，留洋读书成为时尚，越来越多中国人开始喝咖啡，著名翻译家郑振铎乘坐轮船从上海到法国留学时的日记中写道："早茶是牛奶、咖啡和几片面包。""下午四点吃下午茶，只有牛奶或咖啡及面包。"徐志摩、郭沫若、金岳霖、巴金、老舍等都在留学时候受到咖啡文化的熏陶，当时著名的沙龙女主人林徽因的客厅，也时常备好了咖啡和茶，招待客人们。

才女张爱玲最爱牛奶咖啡："别人看我翻海明威的小说，以为我和他一样喜欢美式，其实这是误解，我喜欢喝奶咖，最好放低脂奶，这样奶腥气少些"，咖啡馆成为"海派"的聚集地。不仅如此，许多创作者在作品中抒发咖啡馆情调，田汉《咖啡店之一夜》、徐訏《吉普赛的诱惑》、温梓川《咖啡店的侍女》、张若谷《咖啡座谈》等等。

这个时期的关键词是：情调。

二战之后，世界局势稳定，经济的逐渐发展让咖啡馆有了繁荣发展的土壤，从大城市渐渐扩散到小城市的同时，随着人们对咖啡的理解和发展，各国咖啡馆也呈现出与众不同的"国别风格"：

意大利是咖啡的最早停靠港，为了加速咖啡生意的流转，米兰人研制了高压快速萃取的制作方法，发明出意式浓缩咖啡（Espresso），成为后续所有花式咖啡的基础。传统的意大利人自豪于他们对咖啡的贡献，也喜欢早上起来喝一杯意式浓缩咖啡，不会选择加入任何咖啡伴侣来调味。对他们来说，任何的加入材料都会破坏咖啡本身的味道，他们追求的正是这种最原始的极致。

法国，作为世界咖啡文化的强力输出国，约有 17 万个咖啡馆，仅在巴黎就有超过 15000 家咖啡馆，换算下人口比例，平均每 100 个人就有一家咖啡馆，而 12000 家餐馆里，饭后也照样供应咖啡，真称得上是咖啡供应最密集的地方了，人们可以随意找到一家咖啡馆，坐下来，享受一杯咖啡，无论室内或室外，无论沙发或休闲木椅，随意、活跃、无拘束,一如法国人的性格,重要的是"喝咖啡的感觉"。

美国人喝咖啡的方式就完全不同了。他们不像欧洲、中东一带的人那样有悠闲的心境享受生活,在忙碌紧张的生活中,确实需要咖啡提供能量,所以通常是从早到晚,一大壶电热过滤式咖啡,恨不得喝满 24 小时。美式咖啡是在意式咖啡的基础上,加水,加许多水,味道淡薄,被法国人笑称"洗袜子水"。即便如此,美国人在家里、公司、咖啡馆、饭店、医院、便利店等等以各种自由的方式喝掉的咖啡,仍然能占每年世界咖啡生产量的三分之一。

德国和日本的咖啡馆,则是把他们工匠精神的精细发挥到极致,除了咖啡,欣赏一杯咖啡的制作过程,是另一种美的感官享受,干净、严谨,流程清晰。

土耳其的咖啡馆则延续了阿拉丁神灯一般的神秘感,不仅咖啡壶咖啡杯造型精美独特,在看似普普通通的"咖啡铺子"里,说不定还能遇到懂得古老咖啡占卜的高人,根据你喝完的那一杯土耳其咖啡杯底的咖啡渣痕迹,告诉你接下来会发生的事。

……

那中国的咖啡馆,是什么风格?

对不起，我还没有足够的智慧能够总结出来，现实情况比较五花八门、百花齐放、各有各的特点，在一个还在"发展ing"的时期，但我喜欢隐藏在大街小巷的那些咖啡馆，不管是哪一派的风格，不管是哪个年龄段的老板，也不管大小，从里到外都散发着浓浓的情怀的气息——这种存在本身，就是一件美好的事，让人欣喜。

如果你遇到这样一家店，可以走进去看看，试着从装修、布局，或者书架上的书，陈设的小东西来猜猜，这里的主人是怎样一个人，常来这里的又是怎样一群人。走到吧台，看他们精心准备的菜单，点一杯咖啡，坐下来，观察、品尝、想象，如果遇到好客的咖啡师或老板，说不定还能开启一段有趣的交流，仿佛一场奇幻之旅，你闯入了Ta努力建造的情怀梦想，多好！

还有一个容易忽略的事实是，如果你内在没有这样的情怀种子，如何能够见到这一切心生欢喜，就像自己的梦实现了一样呢？

我也是直到现在，换个角度再看，才能读懂以前推开"17幸福8"的门，那些小伙伴眼中闪烁的惊喜的光。

真真物以类聚，人以群分。

也许我们曾经遇见，也许我们素昧平生，但你现在正在读着这些文字，这是咖啡馆带给我们的缘分——其实跟有没有咖啡馆，我们是不是在咖啡馆遇见,无关,跟我们心中都有一个咖啡馆的梦,有关。

所以,平淡生活中,你能做的,是在心中留一个咖啡馆给自己,让它承载你的希望与热爱。

有趣的灵魂都在发光

《二三十岁，开间幸福小店》出版后，听说许多朋友在阅读之后觉得开间咖啡馆没有想象中难，都准备摩拳擦掌跃跃欲试，这时候我反而会提醒：要提防自己是不是被热情冲昏了头脑，与其被我泼冷水，被自己泼冷水，都好过被冷冰冰的现实泼冷水。

坦白说，想要靠情怀建立梦想与现实的稳固连接，比靠才华、靠颜值难多了——一杯顾客看来并不便宜的 35 块钱的咖啡，养不活情怀。

"17 幸福 8" 开业那年，是 2010 年。

这十年，房地产发展受限，传统行业增速缓慢，互联网快速腾飞，整个中国、乃至世界的经济局势都在发生巨变。

这十年，国际大品牌连锁咖啡店大批量涌入成都，投资型咖啡厅紧随其后，外卖行业兴起之后的外送咖啡店成为新起之秀，咖啡行业的发展势头越来越好，但以往那些带着情怀的小咖啡馆开业、关门、再开业、再关门，或者干脆转成其他类目经营，曾经的同行也不见踪影。有朋友在离开前，发消息来道别：这几年的冬天尤其寒冷，保重——也许只有真正实践过的人，才能感同身受，选择前行，意味着在这条路上会经历什么。

而每一个曾经在路上的人，都曾经尽力。

逆风的时候，往往更考验人，经济、能力、精神都需要更强大的力量来应对环境，唯有顶着风站住了，才有机会让情怀之梦真正生根。

我一直不是一个成功的咖啡馆经营者，第二本书《不上班的理想生活》中剖析了我的失败尝试，以及为何坚持，包括2015年将咖啡馆转成"龙门院"工作室、兼售咖啡，这样的调整是坚持还是妥协，也很难说得清。我唯一清楚的是，还没到放弃的时候。

问发消息的那位朋友：冬天过后，春天还回来吗？

他回复：也许换个时间换个方式，青山不改绿水长流。

再长些日子，看他依旧在朋友圈里晒着阳光，晒娃，骂着令人头痛的中国足球，还有总也减不下来的肥，生活依旧以他的方式在向前推进。

我欣赏这样的朋友。

以前的我以为，真正的梦想总是让人有脚踏实地去实现的动力；而现在的我觉得，真正的梦想是即便你没有身处其中，你也知道你所经过的每一天都在为它储备，总有一天，你会以崭新的姿态，拥抱它。

毕竟，起不起风，不是我说了算，但在哪里练习逆风飞翔的技能，我可以选择。

未来不可知，又怎样？

这也许是咖啡和咖啡馆带给我们的能量与信心。

也许有一天，我会离开成都，这所有一切都会成为我身后的一段路，但这些曾有的足迹，清晰说明，这一切，曾经真实发生。

也许有一天，在某个城市的某个巷口，你随手推开一家咖啡馆的门，因为阅读过这本书，而发现咖啡馆里许多令人惊喜的细节，再一次走入我造的"梦"——谁知道呢？

生命的迷之魔力，正在于此。

当我们用灵魂书写生命，生命会回报我们以闪闪的发光。然后，闪着光的灵魂就会相遇，讲述一段神奇。

嗯，很高兴遇见你。

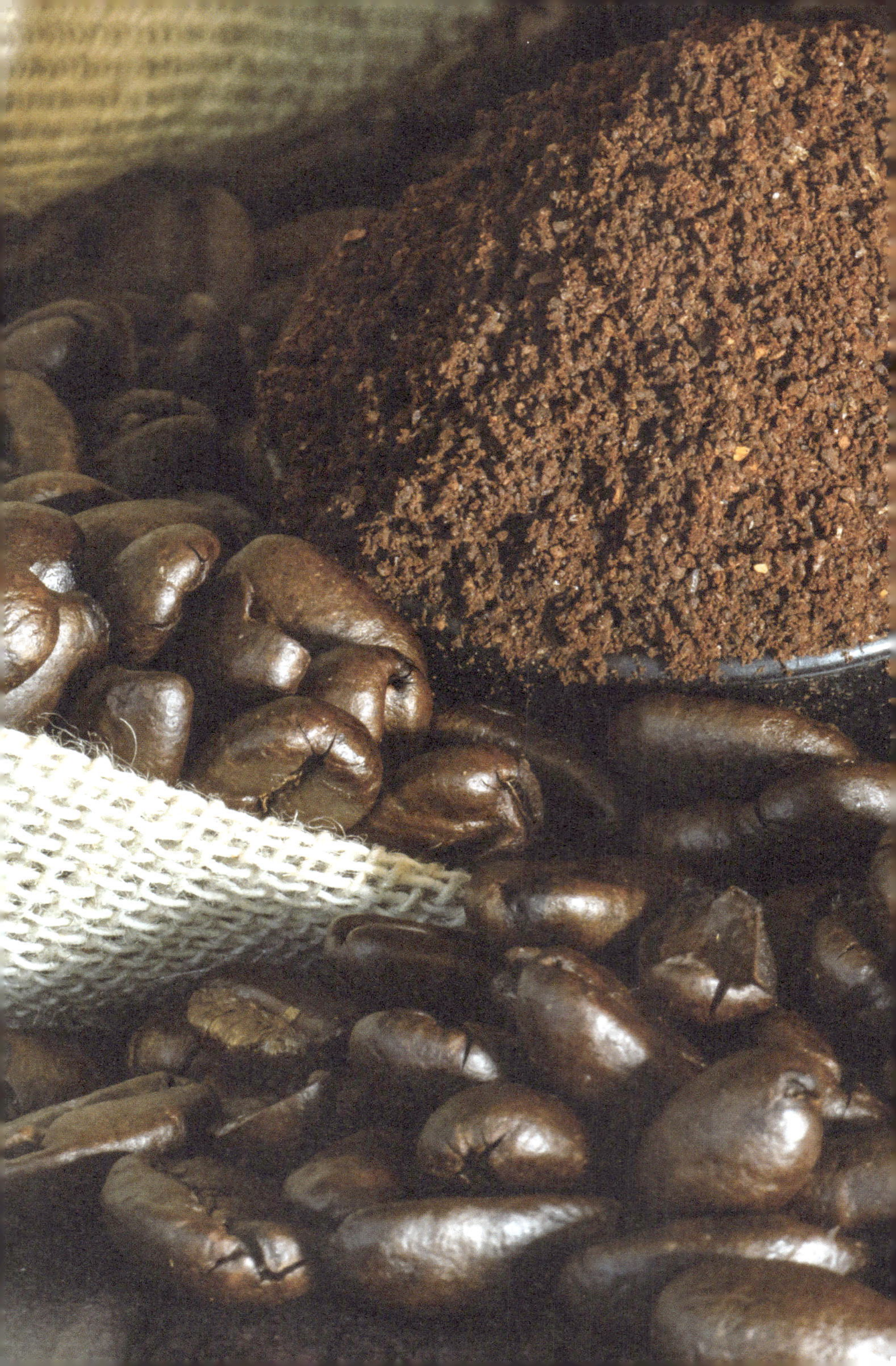

图书在版编目（CIP）数据

二三十岁，开间幸福小店 / 梁龙蜀著 . -- 成都：
四川人民出版社, 2020.5
　ISBN 978-7-220-11831-9

Ⅰ. ①二… Ⅱ. ①梁… Ⅲ. ①随笔 – 作品集 – 中国 –
当代 Ⅳ. ① I267.1

中国版本图书馆 CIP 数据核字 (2020) 第 056415 号
本书网络出版：四川数字出版传媒有限公司

二三十岁，开间幸福小店
ERSANSHI SUI，KAI JIAN XINGFU XIAODIAN
梁龙蜀　著

出 版 人｜ 黄立新

选题策划｜ 李雨纾
创意总监｜ 陈　欣　欧阳志彦
责任编辑｜ 何洪烈
装帧设计｜ 覃忠善

出版发行｜ 四川人民出版社（成都槐树街 2 号）
网　　址｜ http://www.scpph.com
E-mail｜ scrmcbs@sina.com
新浪微博｜ @四川人民出版社
微信公众号｜ 四川人民出版社
发行部业务电话｜ （028）86259624　86259453
防盗版举报电话｜ （028）86259624
印　　刷｜ 四川华龙印务有限公司
成品尺寸｜ 145mm×208mm
印　　张｜ 9
字　　数｜ 200 千
版　　次｜ 2020 年 5 月第 1 版
印　　次｜ 2020 年 5 月第 1 次印刷
书　　号｜ ISBN 978-7-220-11831-9
定　　价｜ 58.00 元

版权所有・侵权必究
书若出现印装质量问题，请与我社发行部联系调换
电话：（028）86259453